花嫁

友麻 碧

講談社
タイガ

イラスト　榊 空也

デザイン　長﨑 綾 (next door design)

キャラクターデザイン　藤丸豆ノ介

目次

傷モノの花嫁

「若様。若様」

「なんだ、菜々緒《ななお》」

「若様は、いつか菜々緒をお嫁にしてくださるのですか？」

「お前が十五になったらな。菜々緒は、私の許嫁《いいなずけ》だから」

「若様は……菜々緒のことが好きですか？」

「……もちろん。好きだよ、菜々緒」

あれは、四年ほど前の春の一幕。

花咲ける美しい白木蓮《はくもくれん》の木の下で、私は許嫁である、五つ年上の若様と共にいた。

若様はよく木の根元に腰掛けて本を読んでいて、私が花嫁修業を終えてやってくると、いつも本を閉じて私に構ってくれたっけ。

「そうだ菜々緒。今日はお前の十四の誕生日だ。これをお前にやろう」

若様が懐《ふところ》から取り出し、私に差し出してくれたのは、一本の美しい簪《かんざし》だった。

キラリと光る、銀製の簪。

「私に……？」

「ああ。我が白蓮寺《びゃくれんじ》一族を象徴する、白木蓮の花の装飾が施された簪だ。お前によく似合うと思う」

若様が私のことを想《おも》って贈ってくれたのが嬉《うれ》しくて、思わず涙が溢《あふ》れ出《だ》す。

「あ……っ、ありがとうございます、若様……っ」

「泣くな。お前は本当に泣き虫だな」

若様はいつも呆《あき》れたように微笑《ほほえ》み、私の目に溜《た》まった大粒の涙を指で拭《ぬぐ》って、頭を優しく撫《な》でてくれていた。

私は若様に恋をしていた。

好きで好きでたまらなかった。

そして若様も、きっと、私のことを好きでいてくれているのだと信じていた。

だから十四歳の誕生日に貰《もら》った簪を、一生の宝物のように大事にしようと誓った。

嬉しい。嬉しい。あと少しで大好きな若様に嫁《とつ》ぐことができる。

だけど、その夢は、あの日――

私が猩猩に攫われたことで、永遠に叶《かな》わなくなった。

猩猩《しょうじょう》。

それは、霊力の高い人間の娘を攫《さら》い、花嫁にする下賤《げせん》な猿のあやかしだ。

私は若様に嫁ぐ十五の誕生日の直前、里を囲う結界の外に出てしまい、猩猩に攫われた。

猩猩の巣穴で発見された私の額には、引《ひ》っ掻《か》き傷のような【×】印が刻まれており、これは猩猩が自分の所有物に刻む〝妖印《よういん》〟であった。

この妖印を刻まれた娘は、穢《けが》れた存在として一族から徹底的に蔑《さげす》まれる。

許嫁の若様は、額に生々しい妖印を刻まれた私を見て、鼻を押さえながらこう言った。

「猿臭い。傷モノなど白蓮寺家の花嫁にふさわしくない」

あの時の、あの言葉を――

若様の軽蔑《けいべつ》の眼差《まなざ》し、冷めきった瞳《ひとみ》の色を、私は一生忘れることはないだろう。

猩猩に攫われる前までの私は、白蓮寺家で最も霊力の高い娘として、本家の跡取りである若様に嫁ぐことが決まっていた。幸せな未来があると信じていた。

だけど、今はもうあの人の隣には……別の女性がいる。

第一話　猿面の娘

極東の島国・大和皇國《やまとこうこく》。

人と、あやかしと呼ばれる異形《いぎょう》の者たちが開国を巡って争った時代から、約五十年。暦《こよみ》の数え方が太陰暦から太陽暦に変わり、人々は西洋文化を取り込みながら、めくるめく文明開化を謳歌《おうか》する。

華やかな皇都を魑魅魍魎《ちみもうりょう》から守護するのは、陰陽《おんみょう》五家と呼ばれる五つの一族が編み出した〝五行結界〟だ。

その、陰陽五家の一角である白蓮寺家《びゃくれんじけ》――

白蓮寺家は五行の【木】を司《つかさど》る一族で、皇都よりずっと北の神聖な山々に囲まれた広大な土地に、一族の人間だけで〝白蓮寺の里〟を形成している。

私、白蓮寺菜々緒《ななお》は、里の外れにあるボロ小屋にたった一人で住んでいた。

まだ薄暗い早朝から起き出して、裏の泉で沐浴《もくよく》する。水の冷たさにガタガタと震えながらも、体を隅々《すみずみ》まで洗って清めるのだ。

小屋に戻るとツギハギだらけの古い着物に着替え、前掛けとたすきをかけて、長い黒髪を今にも千切れそうなボロボロの紐《ひも》で結う。

「そういえば、今日から三月だわ。朝餉《あさげ》の献立《こんだて》は三月のものにしなくては……」

ポツリと呟《つぶや》き、一度だけ大きく深呼吸。

早春の朝は、まだ、冬の匂《にお》いが残っている。

私は内側にお札《ふだ》を貼《は》りつけた〝猿面〟を顔に当てて、頭の後ろで紐を結んで固定した。


この猿面をつけなければ、私は人前に出ることを許されない。

この猿面をつけたならば、一言も、言葉を発してはならない。


里の外れのボロ小屋を出て、坂を下り、小川にかかった橋を渡って、里の中心部を足早に抜ける。そして本家のお屋敷《やしき》の、その裏口を叩《たた》いた。

戸を開けて出てきたのは、ぶっきらぼうな本家の女中・槙乃《まきの》だ。

「お前か、傷モノ」

「…………」

「本当はお前の拵《こしら》えたものなんて、穢《けが》らわしくて本家の方々には食べさせられないんだけどさ。若奥様がどうしても、あんたに食《く》い扶持《ぶち》を、って言うから。お優しい若奥様に感謝するんだね」

槙乃が冷たい目をしてそう言い放ち、私を台所にあげる。

私は台所に貼られた『三宝荒神《さんぽうこうじん》』と書かれたお札に向かって手を合わせ、火と竈《かまど》の神に祈りを捧《ささ》げ、食材を洗って朝餉の調理を始めた。

陰陽五家の人間にとって朝餉とは——これ即《すなわ》ち【儀式】である。

この国に住まう男は〝陽《よう》の霊力〟を宿し、女は〝陰《いん》の霊力〟を宿している。

陰陽五家にはこの理《ことわり》に則《のっと》った様々な慣わしがあり、そのうちの一つに、朝餉を拵える人間は〝陰の霊力〟が高い女性が良い、というのがある。

朝餉を拵えた女性の霊力が高ければ高いほど、その朝餉には多くの霊力が含まれ、食べた者のその一日の質を変えるからだ。

白蓮寺家の本家でも朝餉は〝陰の霊力〟が高い女性が拵えることになっていて、基本的には嫁《とつ》いだ花嫁の役目なのだけれど……。

私は若奥様に命じられ、日々、秘密裏に本家の朝餉の準備をしているのだった。

朝餉の調理を終えた私は、女中の槙乃に握り飯を二つ貰《もら》う。

「今日は紅椿《べにつばき》家の新しいご当主がこの白蓮寺の里に訪ねてくるらしい。お前、目立つところには絶対に出てくるんじゃないよ」

紅椿家の……？

紅椿家といえば、陰陽五家の序列一位に君臨する一族だ。悪鬼悪妖《あくよう》を退治する退魔の一族として皇都の防衛を担っている。確か、百の鬼を〝式神〟として使役しているとか……

とりあえず私はコクンと頷《うなず》いた。

「何でも紅椿家の新しいご当主は、兄君を引きずり下ろしてその地位に立った冷酷無慈悲なお方だそうだ。だが退魔の腕は一流で、百鬼を従える姿から〝皇國の鬼神〟とも呼ばれているんだとか」

皇國の……鬼神……

「皇都に現れるあやかしの大半は、この方が斬《き》り殺《ころ》しているって話さ。その様は修羅のごとく恐ろしいって。……お前、あまりの猿臭さに猩猩《しょうじょう》と間違われて斬り殺されないといいね」

斬り殺される想像をして、ぶるるっと身震いしてしまう私。

意地悪なことを言う槙乃は、ニヤニヤしながら話を続けた。

「しっかし序列一位の紅椿家が、序列四位の白蓮寺家にわざわざ挨拶《あいさつ》に来るってことは、嫁探しでもするんだろうねえ。開国以来、霊力を持つ女が生まれづらい時代になっちまった。うちはまだ、そこそこ霊力のある女が生まれるから」

槙乃はそう言いながら、チラッと私を見る。

「まあ……傷モノのお前には関係のない話だよ。傷モノに嫁の貰い手はないからね」

私は握り飯を胸に抱《かか》え、厨房《ちゅうぼう》を出る。

その時、本家のお屋敷の縁側に若様と若奥様の姿を見た。赤ん坊に夢中の若様に若奥様が寄り添っていて、絵に描いたような仲睦《なかむつ》まじく幸せそうな夫婦だ。

そんな時、若奥様が私に気がついて少しだけ目が合う。

彼女は私に向かってクスッと笑った。

「…………」

ザワザワと湧《わ》いて出る、落ち着きのない感情。

これにひたすら耐えるように、私は胸元をギュッと押さえて本家の屋敷を後にした。

「傷モノだ」

「猩猩の嫁だ」

「嫌だねえ、こんな朝っぱらから」

「ああなんて穢らわしい」

「山へ帰れ！　猿臭いんだよ！」

もうこの時間になると一族の人間たちが里中で活動し始める。

可能な限り人通りの少ない道を選んでも、いつも何人かに見つかって、誰もが私を見るや否や嫌悪感を露《あら》わにする。

私に石を投げつけ、怒鳴《どな》りつけ、棒を持って追い立てて……

里の人間の中には私の両親もいたけれど、私が虐げられる様を見ても、両親は見て見ぬ振りをしていた。

これが、私が〝傷モノ〟になってから三年近く続いている仕打ちだ。

握り飯を抱えたまま、急いでボロ小屋に駆け込む。

「はあ、はあ、はあ」

走って逃げてきたので、しばらく呼吸を整える。さっき投げつけられた石が腕に当たって、血が滲《にじ》んで腫《は》れているようだ。痛い。痛い……

そうしてやっと、「人前では決して外してはならない」と命じられている猿面をとる。

ぐ～とお腹《なか》が鳴ったので、ボロの茣蓙《ござ》の上に座って、朝餉の報酬に貰った握り飯を頬張《ほおば》る。とてもとても、お腹が空《す》いていた。

ポタポタ……ポタポタ……

気がつけば涙が溢《あふ》れて、零《こぼ》れて、私の膝《ひざ》を濡《ぬ》らしている。

この、里での仕打ちは仕方がない。だって私は〝傷モノ〟だから。

仕方がない。仕方がない。仕方がない……

だけど、どうしてこんなことになってしまったんだろう。

昔はみんな優しかった。父も母も。里の人たちも。

暁美姉さんも、本家の若様も――

三年前のあの日、私の人生は大きく狂ってしまった。

◯

ちょうど今くらいの季節だっただろうか。

十五歳になる直前、私は若様に貰った大切な簪《かんざし》を失《な》くしてしまった。

大事に使い、大切に保管していたはずなのに、気がつけば仕舞ったはずの場所から失くなっていたのだ。

「ねえ、暁美《あけみ》姉さん。私の簪を知らない？　どこを探しても見つからないの」

「さあ。おっちょこちょいな菜々緒だもの。山菜を探している時に落としたんじゃない」

近所に住む従姉《いとこ》の暁美姉さんに助けを求め、一緒に探していると、なぜか簪は、里を囲む結界の、注連縄《しめなわ》の向こうにあった。

「あ……っ」

結界の向こうは禍々《まがまが》しい空気で満ちており、私は簪を取りに行くのを躊躇《ためら》った。

どうしよう。どうしよう。

白蓮寺家の娘は、幼《おさな》い頃より何度も何度も言い聞かせられている話がある。

注連縄の外に出てはいけない。

霊力の高い娘は、あやかしに攫《さら》われて、花嫁にされてしまうから――

「あらあら。光りものだから、烏《からす》が咥《くわ》えて結界の外に持っていっちゃったのかしら」

「…………」

「どうするの、菜々緒。取りに行かなくていいの？」

暁美姉さんが耳元で囁《ささや》く。

「お誕生日に、若様から貰った大事な簪なんでしょう？　すぐに取って戻ってくれば大丈夫よ……さあ」

焦りの気持ちに負け、私はその言葉に促《うなが》されるがまま注連縄の外に出て、簪を拾う。

しかし、ほっとしたのも束《つか》の間《ま》。

結界の中に戻ろうと振り向いた、その時だった。

突然背後に現れた、猩猩――全身毛むくじゃらで巨大な猿のあやかしに抱きかかえられ、私は山の奥へ奥へと連れ攫われてしまったのだった。

攫われていた間の記憶はほとんどない。

何をされたのかもわからない。

だけど、とてつもない恐怖と、額の痛みだけは覚えている。

気がつけば猩猩の巣穴にいて、私を捜索に来た白蓮寺家の人間たちに囲まれていた。

私を攫った猩猩はすでにいなくなっていたようなのだが、額がズキズキと痛くて、里の人間たちは皆、瞬《まばた》くことなく私の額を見ていた。

「なんということだ。すでに妖印《ようい》が刻まれておるぞ……っ」

「菜々緒が傷モノにされてしまった！」

妖印……？

それを聞いて、私は一気に血の気が引いた。妖印とは、あやかしが自分の所有物に刻む印だと聞いたことがあったからだ。

一族の人間たちは私の額に刻まれた【×】の傷を見て、口々にこう言った。

「おお。むごい、むごい」

「こんなに高い霊力を持つ娘はそうそう生まれないのに、もったいない」

「いっそ猩猩の嫁になるか、殺してやった方がこの子のためだ」

「一生の生き地獄を味わうことになるぞ……」

その言葉の意味が、今ならばわかる。

清廉潔白――心身の清らかさを何より重んじる白蓮寺家の人間にとって、あやかしの妖印を刻まれた娘など〝穢れた存在〟以外の何者でもなかったからだ。

額の傷から生々しい猩猩の妖力を垂れ流す。

そんな私を見て、若様は鼻を押さえて「猿臭い」と言った。

その後、若様と私の婚約は破棄され、私の代わりに若様に嫁いだのは白蓮寺の娘で二番目に霊力の高い、従姉の暁美姉さんだった。

「ねえ菜々緒。私、若様の子を身籠《みご》ったわよ」

「………………」

美しい着物を纏《まと》った、本家の若奥様である暁美姉さんが、一度だけ、私の住むボロ小屋にやってきたことがある。

猿面で顔を隠し、ツギハギだらけの着物を纏い、藁《わら》を編む。そんな惨《みじ》めな姿の私を見下しながら、暁美姉さんは勝ち誇ったような笑みを浮かべてこう言った。

「ねえ。菜々緒はどうして生きていられるの？　あやかしに辱められた女に、生きている価値なんてないのよ？　私だったら、自分で命を絶つわね」

◯

寒い夜を越すため薪割《まきわ》りをし、自分が食べる山菜やキノコを探した後、泉でまた沐浴をする。

梅の花は咲き始めたが、雪解け水はまだ冷たい。

ガタガタと震えながら水に入り、肌から血が滲《にじ》み出《で》るまでゴシゴシ擦《こす》り、いつも必死になって体を洗う。体の穢れや猿臭さは、それでも落ちることはない。

私だって「消えてしまいたい」といつも思う。

この穢れた体を清めることができるなら、いっそ死んで、生まれ変わりたい、と。

邪魔な髪をまとめていた簪を外し、それを、喉元《のどもと》に当てる。

ああ、そうだ。

いっそのこと、今ここで。この簪で……

「おいおい。何をしている」

「……………」

「血の匂いがすると思ったら……猿面の女とは珍しい」

知らない男の声がして、私は振り返る。そこには黒髪で着流し姿の男が、私の着物をかけた木の幹にもたれて、煙管《きせる》をふかして佇《たたず》んでいた。

赤い瞳《ひとみ》──

その瞳の色がこの世のものとは思えず、私は身を強張《こわば》らせてしまった。

ハッと、自分が裸でいることに気がついて、慌てて首まで泉の水に浸《つ》かる。擦りすぎた肌に冷水が沁《し》みて、ピリピリと痛い。

「その猿面。知っているぞ。お前が猩猩に攫われたという、白蓮寺家の娘か」

「…………」

私は何も答えなかった。というか答えられなかった。

私は自分から声を出すことを、本家によって固く禁じられているから。

「だんまりか。つまらん」

「…………」

「お前、ここの人間に〝穢らわしい〟だの〝猿臭い〟だの言われて、追い立てられていたな。確かにお前からは、猩猩の匂いがする」

「…………」

「おい。震えているじゃないか。水はまだ冷たいだろう」

「………」

「だんまりか。つまらん」

男は煙管の煙を吐《は》いて、やれやれと首を振った。

そして今度は、木の枝にかけていた私の着物をまじまじと見る。

「しかし白蓮寺家の娘ともあろう者が、酷《ひど》い着物を着ているな。ボロボロでツギハギだらけじゃないか」

「触らないで！」

私の着物に触れようとする男を見て、私はとっさに叫んだ。

「わ、私のものに触ったら、あなたも、穢れてしまう……っ」

「………」

私はハッとして、猿面の上から口元を押さえた。

喋《しゃべ》ったことがバレたら本家のご当主や奥様に、また折檻《せっかん》を受けてしまう。

私は裸のままザブザブと泉の水をかき分け、木にかけていた着物をバッと取ると、それで体を隠しながら、髪を振り乱して走って逃げた。

あの人のせいだ。あの人が喋りかけてくるから。

いったい、誰？

白蓮寺の人間じゃない。

そういえば、紅椿家の人間が訪ねてくる、と槙乃が言ってたっけ。

とても恐ろしい……だけど心掻《か》き乱《みだ》される、綺麗《きれい》な、赤い瞳をしていた。


翌日も朝早くに目を覚まし、沐浴をして本家の台所に上がり、朝餉を拵えた。

作り終えた後、いつものように握り飯を貰って家に帰ろうとしたが、女中の槙乃によって引き止められる。

「今はお待ち。紅椿家の連中が外をうろついている。お前のような一族の恥を見られたら、あたしが奥様に叱《しか》られちまうよ」

「…………」

格子窓から外を見ると、確かに、外には紅椿家の者と思われる黒い袴《はかま》を纏った人間がウロウロしている。人間だけでなく、顔に紙を貼り付けた式もいる。

「ちっ。嫌だねえ、この白蓮寺の里にあやかしがいるなんて。しかもありゃ、鬼だよ……」

槙乃は嫌悪感でいっぱいの、歪《ゆが》んだ表情をしていた。

白蓮寺家の人間は、あやかし嫌いで潔癖なところがある。

一方、紅椿家は退魔を生業《なりわい》としているから、人と主従の契約をした〝鬼の式〟を引き連れていたり、帯刀していたりして、出《い》で立《た》ちが物騒《ぶっそう》だ。

纏う空気も緊張感があるというか、ピリピリとしている気がする。

「しっかし紅椿の新しい当主はとんでもない色男だったよ。昨日チラッと見たんだけどさ」

「……………」

「白蓮寺の娘たちがそれはもう大騒ぎだ。あんな色男に嫁いで、都会で華やかな暮らしができるんだから無理もないか。ああ、どの娘が花嫁に選ばれるんだろうねえ。あたしに亭主がいなければ……」

頰《ほお》を両手で包んで体をくねらせる槙乃をじっと見ていた。

槙乃はハッとして、ゴホンと咳払《せきばら》い。いつもの冷たい目をして私に言った。

「昼には奥殿《おくどの》で嫁選びの宴会が催される。お前はその時お帰り。きっとこの辺に人はいなくなるだろうからね」

私はコクンと頷いて、しばらく土間の隅《すみ》でうずくまっていた。

女中は客人が来ていて忙しいのか、それとも紅椿家の当主の嫁選びを見に行っているのか、みんな出払っている。

しばらくずっと、とても静かだった。

私も土間の隅でうたた寝をしていた——その時だった。

「きゃああああああ！」

「⁉」

突然女性の悲鳴が響き、思わずビクッと体を震わせ顔をあげた。驚いて固まっていると、オギャアオギャアと、赤ん坊の泣き声が聞こえてくる。

「……っ」

ズキン、と強く額の傷が痛んだ。どこからか禍々しい妖気を感じ取ったのだ。

まさか何かが、結界をすり抜けて白蓮寺の里に入り込んだんじゃ……

嫌な予感がする。額の傷がズキズキと疼《うず》いて、猩猩に攫われた時の恐怖を思い出していた。心臓は高鳴り、冷や汗をかいていたけれど、一方で赤ん坊の泣き声がとても気になる。

どうしよう。どうしよう……

私は小刻みに震えながらも、ゆっくりと立ち上がり、厨房から屋敷の奥へ、奥へと、赤ん坊の泣き声のする方へと向かった。

屋敷の人間が一人もいない。

みんな紅椿の当主の嫁選びが気になって、奥殿に行ってしまったのだろうか。

「オギャア、オギャア」

泣き声のする部屋を覗《のぞ》くと、畳の上に倒れて気を失っている乳母と女中の姿が目に飛び込む。そして、小さな布団に寝かせられて泣き喚《わめ》く赤ん坊が。

この子は、若様と、暁美姉さんの赤ん坊――

部屋の中は嫌な妖気で満ちており、ヒラヒラと蛾《が》のような羽虫が飛び交《と》って《か》、キラキラと細かな鱗粉《りんぷん》を振り撒《ま》いていた。そして無数の羽虫が赤ん坊の体に集まっていた。

ミチミチ……ミチミチ……と妙な音がする。羽虫が赤ん坊の体の肉を齧《かじ》っている音だ。

私はとっさに羽虫を手で振り払い、赤ん坊に覆《おお》い被《かぶ》さる。

これは、妖蟲《ようちゅう》だ。

確か、蟲《むし》の姿でありながら、人間の肉を好んで食うあやかしだと本で読んだことがある。特に赤子の柔らかな肉が好物だと。

倒れている女中は鱗粉の妖気に当てられているようだ。本家のお屋敷は何重もの結界で守られているのに、どうして妖蟲のようなあやかしが侵入しているのか。

「い……っ」

痛い。痛い。妖蟲が私の皮膚をも齧っている。急いで助けを呼ばなければ。

「だ、誰か……っ」

叫ぼうとして、ハッとした。

本家のお屋敷で叫んだりしたら、私はきっと酷い折檻を受けるだろう。

でも……この子は本家の、若様の、大事な御子だ。

お叱りを受けてもいい。第一に守るべきはこの赤ん坊なのだ。

そう決意し口を開けた、その時だった。

「きゃああああああ！」

突然、甲高《かんだか》い悲鳴が部屋中に響いた。

「何やってるの！　私の子に触らないで！」

開け放っていた外廊下側の襖《ふすま》から、本家の若奥様である暁美姉さんがやってきて、赤子に覆い被さる私を思い切り蹴飛《けと》ばした。

私は体を壁に打ち付け、ゲホゲホとむせる。

「ち、ちが……っ、私は」

蛾のような姿をした妖蟲は天井に張り付き、スーッと姿を消す。擬態して隠れているのだ。暁美姉さんはそれに気がついていない。

「お前！　菜々緒！　私に何もかも奪われたからって、私と若様の子を殺そうとするなんて……っ！」

「そんな……っ、違うの、暁美姉さ……」

「お黙り！　誰が喋っていいと言った！」

私が何か言おうとすると、暁美姉さんは赤ん坊を抱きかかえたまま、私を何度も何度も蹴《け》りつける。

「猿臭い、猿臭い、猿臭いのよ！　猿のくせに一丁前に私に嫉妬《しっと》なんかして！　それとも何⁉　復讐《ふくしゅう》のつもり⁉　お前は死んだも同然なの！　私に負けたのよ！」

暁美姉さんはわけのわからないことを喚き散らし、赤ん坊はオギャア、オギャアと泣いている。その間、私はひたすら体を縮こめて、蹴りつけられる痛みに耐えていた。

「おい暁美！　何事だ！」

白蓮寺家の若様も、騒ぎを聞きつけてやってきた。

意識が朦朧《もうろう》とする中、私は「助かった」と思っていた。

若様なら天井の妖蟲に気がつくはずだ。そして私のやろうとしたことも理解してくれるに違いない。

暁美姉さんはハッとして、赤子を抱えたまま若様に訴える。

「若様！　菜々緒が、菜々緒が……っ。私に嫉妬して、大切なこの子に怪我《けが》を！」

「何⁉」

私はふらふらと立ち上がり、何度も首を振り、掠《かす》れた声で訴える。

「ち、違います、違います若様。この部屋には、妖蟲が……っ」

妖蟲は一匹いるとどんどん増える。かつて花嫁修業で読んだ本にそう書いてあった。もしかしたらもっと、敷地《しきち》内に入り込んでいるかもしれない。大量の妖蟲は、白蓮寺家の人々に甚大な被害をもたらすかもしれない。だが、

「傷モノの分際で、何ということを！」

愛娘《まなむすめ》が怪我をしているのを見て若様は激昂《げきこう》し、今まで見たこともないような怒りの形相で、私の左耳辺りを思い切り打《ぶ》った。

その勢いで猿面が外れ、私は体勢を崩し、部屋の箪笥《たんす》に頭をぶつける。ぶつけた頭を押さえながら、私は痛みに震え、その場にしゃがみ込む。

「情けをかけ、お前を白蓮寺に置いてやっているというのに……っ、お前という奴《やつ》は身も心も穢れきってしまったのか！」

左耳の辺りがジンジンと熱く、ぶつけた頭部の一部がとても痛い。

だけど頭の中は真っ白で、目眩《めまい》がして、若様の声も遠のいていく。

頭部から血が流れ、こめかみ、頬、顎《あご》を伝って、ボタボタと畳の上に零れ落ちた。

「ひっ、傷モノの血」

「そ……っ、その血で本家の屋敷を穢すな！　愚か者！」

暁美姉さんと若様は私から少し距離を取った。傷モノの血は妖気に汚染されていて、触れた者にも穢れが感染《うつ》る、などと言い伝えられているからだ。

「……わ……わたし……は……」

私はただ、その子を守りたかっただけ。

私はただ、白蓮寺家のみんなを、助けなければと思っただけなのに。

――シャラン。

この時、胸元に秘めていた簪が床に零れ落ちた。

それは十四の誕生日に、若様が贈ってくれた銀製の簪だ。

私はハッとして、慌てて簪を拾い上げ、震えながら胸元で握りしめた。

「お前、その簪は……」

若様が、ますます嫌悪感を滲ませた表情で何か言いかけた。その時だった。

「おいおい。何の騒ぎかと思って来てみれば。清廉潔白な白蓮寺家の方々が、寄ってたかって〝傷モノ〟いじめか？」

襖の開いたところに、いつの間にか黒髪の男が佇んでいた。

私は、前髪の隙間《すきま》から見たその男の〝赤い瞳〟に覚えがあった。

あの人は、昨日、泉で私に声をかけてきた男の人だ。しかし昨日の和装姿とは違い、この辺ではあまり見ない洋装姿で帯刀している。

知っている。あれは――皇國陰陽寮《おんみょうりょう》・退魔部隊の制服だ。

「紅椿のご当主……っ」

若様が少し慌てた様子で、その男に頭を下げる。

「も、申し訳ありません。白蓮寺の人間が……その、不祥事を」

「不祥事？」

紅椿の男はこの部屋を隅々まで見渡している。

「傷モノの娘が、我が子に危害を加えようとしていたところを、妻が発見し……」

「はあぁ。何を言っておられる、白蓮寺の若君」

紅椿の男は呆《あき》れたため息をついた。そして、懐《ふところ》から取り出した長い針のようなものを、天井に向かって投げる。

「⁉」

長い針は天井に突き刺さり、数匹の妖蟲が針に貫《つらぬ》かれた状態で姿を現した。強制的に擬態を解かれたのだ。

妖蟲はこれ以上隠れるのは無理だと判断したのか、キラキラとした鱗粉を撒き散らしながら、一斉に紅椿の男に襲いかかる。

しかし紅椿の男は余裕の笑みを浮かべ、抜刀――

一瞬にして無数の妖蟲を斬り捨てる。妖蟲は禍々しい模様の羽を、ハラハラと床に散らして死んだ。

若様と暁美姉さんは呆気《あっけ》にとられた顔をして、一連の流れをただただ間近で見ていただけだった。紅椿の男は刀を鞘《さや》に納めつつ、暁美姉さんの抱える赤子を横目で見る。

「その赤子、今斬り捨てた妖蟲どもに、皮膚を齧られているぞ」

「妖蟲に⁉」

「なぜ妖蟲なんかが白蓮寺の里に……っ」

驚愕《きょうがく》する暁美姉さんと若様に対し、紅椿の男は淡々と答えた。

「結界の隙間を見つけたのか、どこかから忍び込んだようだ」

いつの間にかこの場に集《つど》っていた里の人間たちは、この話を聞いてざわついた。屋敷の結界や、村を囲む注連縄の様子を確認しに行く者たちもいる。

そんな慌《あわ》ただしい様子を見送りつつ、紅椿の男は壁際で縮こまった私を指差し、若様と暁美姉さんに告げた。

「そこの娘はいち早く妖蟲に気がつき、あなた方のご息女を庇《かば》ったのだろう。その娘にも妖蟲に齧られた跡がたくさんある。まあそれ以外の暴行の傷も凄《すさ》まじいが……その娘が守らなければ、ご息女は骨になっていたかもしれないぞ」

「…………」

「白蓮寺家の次期当主と、その奥方ともあろうお方が、どうしてそれに気がつかない」

若様と暁美姉さんは、何も言えずに突っ立っていた。

そこに白蓮寺の奥様が険《けわ》しい顔をしてやってくると、赤ん坊を見るなり暁美姉さんから赤ん坊を奪い取り、慌ててどこかへ連れていく。おそらく手当てをするのだろう。

その一方で、紅椿の男はスタスタと私の方へとやってきた。

「おい、大丈夫か」

項垂《うなだ》れている私に声をかけ、目の前でしゃがみ込む。

側に人が来たことで私は反射的にビクリと体を震わせ、自分の体を抱いて、その人に背を向ける。

これ以上は痛い思いをしたくなくて、ガタガタと体を震わせていた。

「怯《おび》えるな、何もしない」

「…………」

「傷を見せろ。あちこち血が出ているぞ」

紅椿の男は怯えてばかりの私の腕を、グイと強く引く。

「あ……っ」

その反動で前髪がなびき、私はここ三年ほど猿面で隠し続けた素顔を、面前で見られることになった。

「…………」

紅椿の男は、しばらく目を見開いて、驚いたような表情をしていた。

私はというと、涙で濡れて怯えきった顔のまま、ただただ震えている。

こめかみから流れる血が、ツー……と頬を伝い、紅椿の男の手に零れた。

しまった、と青ざめたが、紅椿の男は何を思ったかその血を自分の口元に運びペロッと舐《な》める。

「⁉」

穢れている傷モノの血を、あろうことか舐めてしまったこの男に対し、私も若様も暁美姉さんも、ただただ驚愕していた。しかし男は、じわじわと口角を上げ、

「あっはははははは」

なぜか、大笑い。

その笑い声に私はビクッと肩を震わせる。この場にいた白蓮寺の一同も、びっくり。

「なるほど。いい血だ。そういうことか。今朝の朝餉を作ったのはお前だな」

「え……」

「血に含まれた霊力でわかる。さすがは白蓮寺家、実に美味《うま》い朝餉だ……と思っていた。そこの奥方が拵えたと聞いていたが、少々霊力の質が違うのではと疑問に思っていたところだ」

「んな……っ」

暁美姉さんが顔を真っ赤にさせていた。

その隣で若様が「え」という顔をしている。

若様はきっと、本家の朝餉はずっと暁美姉さんが拵えていると思っていたのだろう。

しかし、若様や暁美姉さんの反応には興味がなさそうな紅椿の男は、

「お前、名は?」

ぐいと私の方に迫り、問いかける。

私は目を泳がせ、今もまだじんじん痛む体を竦《すく》ませながら、掠れ声で答えた。

「な……なお……」

「あ? 声が小さい。泉ではもっとデカい声を聞いたが?」

「な、菜々緒……です……っ」

「……そうか。菜々緒か。愛らしい名だ」

男は赤い瞳を細め、不敵に笑う。

「俺は紅椿夜行《やこう》。紅椿家の当主だ」

そして、何を思ったのか。

紅椿夜行と名乗ったその男は両手で私を抱き上げ、白蓮寺の人間たちがいる前で、こう告げたのだった。

「いいだろう。菜々緒。――今日からお前が、我が妻だ」

第二話

紅《べに》椿《つばき》夜《や》行《こう》という男

紅椿《べにつばき》家の当主、紅椿夜行《やこう》。

彼が私を抱《かか》えたまま部屋を出て、どこかへ連れていこうとするので、若様が慌てて外廊下を追いかけてきた。

「お待ちください、夜行殿！　その娘を、菜々緒《ななお》をどこへ……」

「どこって。お前たちのせいで菜々緒は傷だらけだ。部屋で治療してやらねばなるまい」

「そ、それは……それならば、うちのもので治療させますから」

若様がそういった時、夜行様は怪訝《けげん》な顔をした。

「信用ならんな。そもそもお前たち……傷モノの血に触れられるのか？」

「…………」

夜行様は口元に薄い笑みを浮かべ、更に煽《あお》るように嫌味を続ける。

「しかし驚いた。聖人君子と名高い白蓮寺麗人《びゃくれんじれいと》殿が女に手をあげるなんて。知っているぞ。この娘は、お前の元許嫁《いいなずけ》なのだろう？」

「⁉」

「よくもまあ、こんな仕打ちができたものだ。この娘は、健気《けなげ》にお前の子を守ろうとしたのだろうに。傷モノなどと蔑《さげす》んでくる元許嫁の子を、命がけで守ろうとするなんて、そうできることではない。……はあ。胸糞悪《むなくそわる》い」

若様は複雑な表情でチラッと私の方を見た。

私は夜行様の腕に抱かれて、ただただぐったりとしている。

あの〝簪《かんざし》〟を、胸元でギュッと握りしめたまま……

「ふん。結納金《ゆいのうきん》ならお前たちの望む分をくれてやる。それでいいだろう」

「し、しかし……」

言われてばかりの若様は、引きつったような、いびつな笑みを浮かべた。

「いいのですか？　その娘は猩《しょう》猩《じょう》の妖印《よういん》を刻まれた、傷モノですよ……？」

夜行様はその言葉すら鼻で笑って、切れ長の赤い目を限りなく細めて、若様に問う。

「逆に聞きたい。お前たちは妖印が刻まれているというだけで、こんなにも特別な娘を虐げ続けたのか？」

「………」

「結納金については、また後ほど」

夜行様は私を抱えたまま、スタスタと廊下を進んだ。

彼の後ろにはいつの間にか、顔に「前鬼」「後鬼」と書かれた紙の面を貼《は》った、黒い袴《はかま》姿の二人の〝鬼〟が付き従っていた。

「しかし派手にやられたな。持ってきた薬が足りるかどうか」

夜行様は、私を本家の客間に連れていき、薬箱から消毒液や軟膏《なんこう》のようなものを取り出すと、それを私の傷口に塗った。猿面は部屋の隅《すみ》に置かれて、私は顔を晒《さら》し続けている。

私は言葉を発することなく、自分でもわかるほど小刻みに震えていた。

手当てをされているはずなのに、まるで捕食者を前にして呼吸を忘れた、小動物のよう。

他人に顔を見られているのがとても怖い。

私の存在を全否定するような額の【×】印が、惨《みじ》めで恥ずかしくてたまらない。

だって、猩猩にこの妖印を刻まれてからは、人前に顔を晒すなと強く命じられていた。

息を吐《は》くな、喋《しゃべ》るな、誰にも触れるな。

穢《けが》れている。汚い。猿臭い……。

こんな言葉をずっとずっと吐かれ続けてきたのに、夜行様は躊躇《ためら》うことなく私の目を見つめてくるし、穢れた体に触れてくる。妖気に汚染された血に触れることすら迷いがない。

それが信じられなくて、とても、とても怖いのだ。

「あの、夜行……様。いけません」

「何が」

「私に……私の血に触れては……いけません」

私は夜行様から遠ざかるように身を引いて、畳に手をついて、深く頭を下げる。

「ありがとう、ございます。私を……助けてくださって。あのように、庇《かば》ってくださって」

「…………」

「ですが、これ以上はもう、夜行様にご迷惑をかけるわけにはいきません」

言いながらジワリと目が滲《にじ》んで、俯《うつむ》いてしまう。私を妻にすると言ったのも、あの状況から一時的に私を助けるためであって、本気ではないはずだ。

だけど、いい。それでいい。

私は私が穢れていることを、誰より知っている。

「震えてばかりだな」

「…………」

「お前のことは昨日から見ていたが……まあ、一族の人間たちからずっとこんな仕打ちを受けていたのなら仕方がないか」

「え……?」

思わず顔を上げた。その反動で、こめかみの辺りを再び血がツー……と伝う。どうやらここを深く切ってしまっているようだ。

その血を見て、夜行様の目の色が少し変わった。

「ああ、もったいない……」

そして私の頬《ほお》に大きな手を添え、こめかみに唇《くちびる》を寄せて血を啜《すす》る。私はギョッとした。

な、何をしているの、この人。

私の血は穢れているのに、二度も……っ！

「おっと。すまないな。俺は他人の血を口にすることで、その者の霊力を測ることができるのだ」

「…………」

「やはり凄《すご》い。お前ほど霊力の高い女は見たことがない。……悔《くや》しいが俺よりずっと高い」

確かに私は、白蓮寺家で最も高い霊力の娘だと言われていたし、霊力の高い娘が花嫁として価値が高いのは、陰陽《おんみょう》五家にとって常識だ。

だけど、それが何だというのだ。

傷モノである以上、霊力の高さなど何の意味も為《な》さない。

「ダメです。私の血なんて……っ」

私は距離の近い夜行様を押しながら、そう言った。

「私、猩猩に攫《さら》われて、妖印を刻まれた傷モノです。私の血に触れたら、ましてや口に含んでしまっては、あなたが……穢れてしまいます！」

夜行様は「ほお」と目を細めた。

「我が妻は、夫を試しておいでのようだ」

「我が妻……って……」

この人、本当に私を娶《めと》るつもりなのだろうか。

そんなはずない。あり得ない。

陰陽五家の人間は、どんなに霊力が高くても〝傷モノの花嫁〟を真っ先に避けるもの。

傷モノに跡取りでも生まれたら、非常に厄介な事態になるからだ。

だけど夜行様は、逃げようとする私の傷の手当てを半《なか》ば強引に続けながら、ブツブツと言った。

「そもそも白蓮寺家が無駄に潔癖すぎるのだ。一人の娘をよってたかって虐げて、仲間外れにして、胸糞悪い。だいたい妖印を刻まれているからって血が穢れるはずないだろう。ましてや他人に、穢れが感染《うつ》ることなどない。俺が言うのだから間違いない」

「………………」

「俺は妖印なんて気にならない。お前のことも、傷モノだとは思っていない」

私が俯いて黙っていると、夜行様はそんな私をチラッと見て、ポツリと意味深な言葉を呟《つぶや》いた。

「だが……俺はこれから、お前の体にそれ以上の傷をつけることになるだろうな」

「え……?」

その時、紅椿の者らしき人が部屋にやってきて、夜行様に何か耳打ちした。

夜行様は立ち上がると「縁談の交渉に行ってくる」と言う。

「ほ、本気なのですか?」

私が少し大きな声で夜行様を引き止めたので、夜行様は視線だけこちらに向ける。

「紅椿家の当主が、大衆の面前で嘘《うそ》を言うわけがないだろう。信用に関《かか》わる」

「そ、それを言うのであれば……っ、傷モノの娘を娶ることこそ、陰陽五家の当主として信用に関わります」

だって夜行様は、白蓮寺家より格上の、紅椿家の当主なのだ。

許してほしい、とでも言うように、私は手をついて再び深く頭を下げた。

「もう十分です。憐《あわ》れみで、私を娶ろうだなんて……っ」

そう言いながらも、声が震えて、涙が溢《あふ》れる。

この地獄のような境遇を抜け出す機会は、きっともう、二度とない。

それなのに私は、自分で自分を否定することしかできない。

私のこの言葉が夜行様の癇《かん》に障《さわ》ったのか、夜行様は酷《ひど》く冷たい目で、私を見下ろしながら言った。

「お前の意見は聞いていない。憐れみで妻を決めるほど、俺は優しくもない」

「…………」

「ただこの俺が、お前を娶ると決めたのだ」

その声は低く、威圧感のようなものがあって、私は何も言えなくなった。

夜行様はしゃがみ、頭を下げて震える私の顔を強引に摑《つか》んで持ち上げ、近い場所で私の目を見つめながら、意地悪な口調で言う。

「それともなんだ。お前、俺がそんなに嫌なのか？」

「そ、そんな……そんなわけでは……っ」

私は涙目のまま、小さく首を振る。

「だったら大人しく俺に娶られろ。まあ……たとえ嫌がられても逃すつもりはないがな。お前ほどの霊力を持つ娘はそうそう見つからない」

ゾクリと怖気《おぞけ》を感じ、身を強張《こわば》らせる。

夜行様の、私を見据える赤い瞳《ひとみ》と、声がそうさせた。

「俺は、欲しいものは絶対に手に入れる男だ」

「…………」

私が何も言えなくなったのを見て、夜行様は背後に控《ひか》えていた鬼の式を呼んだ。

「後鬼《ごき》」

「は」

「菜々緒を見ていろ。このままだと逃げかねん。薬湯につけて身綺麗《みぎれい》にしてやってくれ」

「かしこまりました。夜行様」

夜行様は「後鬼」と書かれた紙の面をつけた鬼にそう命じ、部屋を出ていった。

後鬼と呼ばれた鬼の式は、その声や姿から女性だとわかった。しかしやはり、鬼だ。

鬼なんてこんなに近くで見たのは初めてで、ますます怯《おび》えてしまったけれど、

「それでは菜々緒様。傷を手当てして、薬湯を浴びましょう！」

後鬼という鬼は思いのほか明るい口調で、ヒョイと私を抱えて、サクサクッと私を客間用の浴室に連れていった。そして私の着物を脱がせ、薬湯でいっぱいの檜風呂《ひのきぶろ》に入れる。

全身傷だらけでピリピリと痛い。だけど傷口から薬が染《し》みていくのがよくわかる。

俯いたまま湯船に浸《つ》かり、沁《し》みる痛みに耐えていると、

「不安ですか？」

世話をしてくれていた後鬼さんが私に尋《たず》ねた。私はピクリと反応する。

「夜行様が、恐ろしいですか？」

「え、あ……」

私は「いいえ」と言おうとしたけれど、ここで嘘をついても意味はない気がして、素直

な言葉を呟いた。

「……はい。……怖い、です……」

そうだ。私はあの方を、恐れている。

あんな形で助けてもらったのに、怖くて怖くてたまらないのだ。

あの方が何を考えているのかもわからないし、あの赤い瞳に見つめられると、どうしても萎縮《いしゅく》してしまう。自分がこれからどうなってしまうのかも、わからない。

もしかしたら私は、今以上の地獄に突き落とされてしまうのではないだろうか。

小さな喜びも、幸せも感じられないような、地獄に……

「おほほ。無理もありません。皇國《こうこく》の鬼神。鬼すら恐れる紅椿夜行。ご本人も鬼のような赤い目をしていますし、何だかペロッと食べられちゃいそうで、怖いですよねえ〜〜」

後鬼さんはというと、自分の主《あるじ》について愉快そうに語る。

「元々、我が主は五家への挨拶回《あいさつまわ》りをしながら、花嫁を探しておりました。陰陽五家の当主にとって、強い〝陰《いん》の霊力〟を持つ花嫁の存在は、必要不可欠ですからね」

「………………」

それは、陰陽の理《ことわり》。

陽の霊力を持つ男と、陰の霊力を持つ女が番《つが》いとなり、子を為して命を繋《つな》ぐ。

比翼連理の男女の夫婦が、陰陽五家の繁栄を促《うなが》すとされているが、霊力の高さや霊能の才覚は、両親の血がモノを言うところがあり、どの五家も可能な限り高い霊力の花嫁を欲している。

というのも、昨今は高い霊力を宿す女性が非常に生まれづらくなっていて、五家の当主でさえ花嫁選びに苦労しているのだった。

優れた後継を得られなければ、五家は皇國陰陽界における各々の役目を果たすことができず、この国をあやかしの危機に晒してしまう。

ゆえに、高い霊力を宿す娘はとても貴重な扱いを受け、傷モノでさえなければどの五家も莫大《ばくだい》な結納金を支払って手に入れようとするのだった。

そう。傷モノでさえ、なければ。

縁談の交渉を終え、部屋に戻ってきた夜行様は、

「ほお。美しいではないか。ボロを纏《まと》った姿もそれはそれでそそるものがあったが、やはり娘は華やかに着飾った方がいいな」

顎《あご》に手を当て、どこか満足げな顔をして私を見ていた。

私は化粧を施され、美しい着物を纏い、すっかり身綺麗にされている。

「お、お面。猿のお面……」

素顔を晒すのが怖くてたまらない私が、部屋の隅に置かれていた猿面を手に取ろうとすると、

「もうこれはつけなくていい」

「あっ」

夜行様が、サッとそれを横取りする。

「せっかく縁談がまとまったというのに……素顔を晒して外に出るのがそんなに不安か？　傷は化粧ですっかり隠れているぞ」

「で、でも、そのお面には妖印の妖気を外に漏らさないよう、術が施されていて……っ」

「まあ確かに、妖気がここからプンプン香る。魔性の匂《にお》いだ」

夜行様は私の額の傷をつつく。私は「あう」と小さな悲鳴を上げた。

この妖印から漏れ出る妖気を、白蓮寺家の人間たちは「猿臭い」といつも言っていた。

相変わらず、俯きがちでプルプル震える私に、夜行様はため息をつく。

そして手に持つ猿面を私に見せながら、諭《さと》すように言うのだった。

「いいか。この猿面は、お前が傷モノであることを周囲に知らしめる目印のようなもの。お前の自尊心をとことん奪い、人以下の存在だと思い込ませるための、呪《のろ》いだ。こんなものはもう、お前には必要ない」

「………」

「……まあ、白蓮寺の男衆がお前に絆《ほだ》されてしまわないよう、顔を隠したというのもあるのだろう。特にお前の元許嫁の白蓮寺麗人……あの野郎、菜々緒の素顔を見た途端に惜しくなったのか、この縁談話を随分とごねたらしい。結納金に目が眩《くら》んだ大御所どもに丸め込まれたようだが」

夜行様は「チッ」と、気に入らなそうな舌打ちをした。

それに怯えて、私はまたビクッと肩を上げる。

「仕上げをするぞ」

「え……？」

夜行様は懐《ふところ》から何か取り出した。小さな丸い容器だ。

夜行様はその蓋《ふた》を開けて、中身のものを小指で撫《な》でる。

そして私の顎をそっと持ち上げ、唇に塗る。

「椿の紅《べに》だ。紅椿家の女の、嫁入り道具のようなもの……」

「……嫁入り道具？」

紅をひいた私の顔を見て、夜行様はハッとしたような顔をして、少し黙った。

しかしすぐに私から顔を背けて、ごほんと咳払《せきばら》い。

「妖印の匂いもこれで少しは紛《まぎ》れるだろう。魔除《まよ》けにもなる。持っておけ」

紅の入った小さな容器を、ぽいと私に手渡した。

ほんのりと香る、椿の香りの紅……

鏡を見ると、紅をひかれた私の顔はいつもより艶《あで》やかに見えるし、ほんの少し大人びている。かつて夢見ていた花嫁姿がそこにある気がして、また泣きそうになった。


「さあ、行こうか、菜々緒」

「……はい」

私は言われるがまま、夜行様の後ろについて、素顔を晒して本家の屋敷《やしき》を出る。

私が紅椿家に嫁《とつ》ぐと聞いて、大勢の人間が集まっていた。

「あの傷モノが選ばれたのか？」

「他《ほか》の娘を差し置いて、紅椿の当主に見初められたらしい」

「嘘よ。信じられない！」

「穢れているのに……猿なのに……っ」

誰もが驚き、ガヤガヤと騒がしくしている。紅椿家に嫁ぐことが決まった私に対する、驚きや嫌悪感、嫉妬《しっと》のような感情が伝わってくる。

白蓮寺の里の人間からすると、紅椿家に嫁ぐのが〝傷モノ〟の私だというのが信じられないのだろう。

当然だ。私だって、今もまだ信じられないのだから。

「あ……」

群衆の向こうによく知る二人を見つけた。お父様と、お母様だ。

母は無関心そうな顔をしていたが、父は僅《わず》かに目を潤《うる》ませている。しかし私に声をかけてくるようなことはなく、群衆の奥からこちらを見ているだけだった。

ふと、どこからか強い視線を感じた。

そちらに顔を向けると、若様と暁美《あけみ》姉さんが、少し遠くから私のことを見ていた。

暁美姉さんは密《ひそ》かに爪《つめ》を嚙《か》みながら私を睨《にら》みつけ、若様はなぜかとても驚いたような目をしていた。

私はあの二人からスッと顔を背ける。

カタカタと震えが大きくなって動悸《どうき》がしてくる。

あ、あの二人に、猿面のない状態で素顔を見られているのが、どうしてか耐えられなかった。

「菜々緒?」

私はいつの間にか、前を歩く夜行様の上着の裾《すそ》を摘《つま》んでいた。

「早く……」

「……………」

「早く、ここから連れ出して」

私はもう、ここにはいられない。

この人以外に縋《すが》れるものもない。

たとえそれが、どんなに恐ろしい皇國の鬼神だったとしても。

「……いいだろう」

夜行様は私の願いを了承し、両手で私を抱き上げて、そのまま馬車に乗せた。

そして、夜行様は少しの間、白蓮寺の若様と暁美姉さんの方を見ていたようだが、その横顔はなぜか自信と余裕に満ち溢れたもので……

この時の夜行様の感情を、私はまだ知らない。

「さあ。行こうか。皇都の紅椿家へ」

夜行様の号令と共に、馬車が走り出す。

私の胸中は夜行様への根強い恐れと、未来への大きな不安、小さな安堵《あんど》とほんの少しの希望……そんなものでぐるぐると渦巻いていた。

嬉《うれ》しいのか、悲しいのか、それすらよくわからない。

嫁ぐ実感も、まだない。

だけど私は、私を傷モノと呼び虐げ続けた白蓮寺家を、確かに去った。

皇國の鬼神——紅椿夜行に嫁ぐために。

第三話

皇國《こうこく》の鬼神

序列一位・紅椿《べにつばき》家【火】……北東に結界守りを置く。退魔の名門。子爵家。

序列二位・黒条《こくじょう》家【土】……南東に結界守りを置く。陰陽《おんみょう》大神宮の社家。子爵家。

序列三位・翠天宮《すいてんぐう》家【水】……南西に結界守りを置く。陰陽医療の名門。

序列四位・白蓮寺《びゃくれんじ》家【木】……北に〝白蓮寺の里〟と結界守りを置く。呪術《じゅじゅつ》の名門。

序列五位・橙院《だいだいいん》家【金】……北西に結界守りを置く。錬金術の名門。


——陰陽五家。

それは皇都を囲む〝五行結界〟を編み出した、陰陽呪術や退魔を生業《なりわい》とする五つの名門一族のこと。

五芒星《ごぼうせい》の形をした結界の、五つの頂点に、各一族が結界守りを置いている。

私が嫁《とつ》いだのは、その陰陽五家の序列一位——退魔の名門・紅椿家である。

＊＊＊

翌日の夕方、紅椿家に辿《たど》り着《つ》いた。

「ここが、紅椿家……」

紅椿家本家の敷地《しきち》は皇都の一角にあり、大きなお屋敷《やしき》が高台の上に佇《たたず》んでいる。

窓の多い白壁の洋館と、その裏にある和式のお屋敷が渡り廊下で繋《つな》がっているようで、白蓮寺の里にあるような和風建築しか知らない私には衝撃的だった。

特に洋館というものは写真でしか見たことがなかったので、その異国情緒溢《あふ》れる佇まいに圧倒され、曲線の優美な窓ガラスや、広々とした玄関には目を奪われた。

また、赤い椿の花が庭のあちこちに咲いている。椿は紅椿家を象徴する花だから。

「おかえりなさいませ、ご当主」

紅椿家の敷地に降り立った時、この家に仕える黒い袴《はかま》姿の者たちが一斉に並び、夜行《やこう》様に頭を下げた。

その紅椿家の使用人の中に、ごく当たり前のように鬼が存在している。フヨフヨと浮く鬼火《おにび》もそこら中にいる。鬼以外に、鴉《からす》、化け猫、狛犬《こまいぬ》、狐《きつね》なんかも……

中でも一番仰天したのは、巨大なガシャドクロが洋館の屋根の向こうから頭蓋骨《あたま》をヌッと出してこちらを見ていたことだった。

どのあやかしも、人に使役された〝式神〟は紙の面をつけているのが特徴だ。

「あ、あやかしが……いっぱい……」

「ほお。霊力の高い者にしか見えないあやかしもいるが、お前には全《すべ》て見えているようだな。やはり菜々緒《ななお》は特別だ。なに、人間に危害を加えることはないから安心しろ」

私が青ざめてカタカタ震えている一方で、夜行様が得意げに語る。

「百の鬼を使役しているとはいえ、鬼ばかりが紅椿家の式ではない。様々なあやかしが、この家の式として仕えているのだ。どいつもこいつも強者揃《つわものぞろ》いで頼りになる」

白蓮寺家にとって、あやかしは〝穢《けが》れ〟だった。

だからこそ、妖印《よういん》を刻まれた傷モノへの扱いは、特別むごいものがあった。

でも紅椿家では当然のようにあやかしの式が仕えていて、敷地内が妖気に満ちている。

私の妖印から漏れ出る妖気が、式たちの妖気に紛《まぎ》れて、わからなくなるくらい……

「あ〜。あなた誰でしゅか〜」

「きゃあ」

いつの間にか、足元にワラワラと小さなあやかしたちが群がっていた。私は思わず飛び上がり、夜行様の腕に縋《すが》ってしまう。

そのとっさの行動に、私自身が驚いたし、夜行様も少し驚いていた。

「こいつらが怖いのか？」

「い、いえ……少しびっくりしただけで……申し訳ありません」

私はパッと、夜行様の着物を手放す。むやみに触れてしまって申し訳ない……

「わっ」

夜行様はそんな私を抱き上げて、小さなあやかしたちに私を紹介した。

「菜々緒は我が妻になる娘だ。あまり怖がらせるな」

「あ~。お嫁しゃま~。おめでたいのでしゅ~」

「略しておめでしゅ」

小さなあやかしたちが、どこか投げやりにパチパチと手を叩《たた》いていた。私は改めてそのあやかしたちを観察する。

な、何だろう。この手のひらサイズの緑色のあやかし。頭の上にお皿があって、背中に亀《かめ》のような甲羅を背負っている。これはもしや〝河童《かっぱ》〟じゃ……

河童は川の中で尻子玉《しりこだま》を抜く恐ろしいあやかしだと、本で読んだことがある。だけど目の前にいる河童はつぶらな瞳《ひとみ》でぽけっとした間抜け面のまま、一匹一匹が椿の花を抱《かか》えて首を傾《かし》げている。あやかしなのに丸っこくて、可愛《かわい》らしい。

「あ~。でもこのひと弱そうでしゅ……?」

「あ~。紅椿家のお嫁しゃま、なのに?」

「僕らでも勝てそうでしゅ……」

「尻子玉、抜けるでしゅ?」

河童たちが寄り集まって、ヒソヒソ声で話し合いをしていた。丸聞こえだけれど。

「おいおい。つぶらな瞳で悪事の計画を練るな、河童ども。粛清するぞ。というか我が妻を舐《な》めてかかると痛い目を見るぞ」

「あー? なんのことでしゅか~?」

「ただちょっと、いけない本能が小さなオツムをよぎっただけで」

「粛清は、ないないでしゅ」

小さな河童たちは誤魔化《ごまか》すような態度で、ササッと散っていく。

や、やっぱりあやかしはあやかし……。

私は青い顔をしていたと思うけれど、夜行様は苦笑していた。

「すまないな。菜々緒。あの小さな河童どもは我が家の式神ではないのだが、この屋敷に住み着いてしまった下級のあやかしでな。あんなことを言っていたが人畜無害だ。よく働くので庭掃除をさせている」

「……あの。夜行様は、あやかしがお好きなのですか？」

「ん？　ん〜。そう問いかけられると少し迷うな。皇都を脅かす悪鬼悪妖《あくよう》は、斬《き》り殺《ころ》すのが俺の務めではあるし。だが紅椿家に忠誠を誓うこいつらは、気のいい奴《やつ》ばかりだ。俺の家族だからな」

……家族。

使役する式神をそのように言う夜行様は、陰陽五家の人間では、とても珍しいお方なのではないだろうか。

「菜々緒。お前に見せたいものがある」

夜行様が、屋敷の庭園から抜ける小径《こみち》の前まで私を抱えて連れていく。

そこから伸びる小径は椿の木々が覆《おお》い被《かぶ》さるようにして茂っており、地面には椿の花がたくさん落ちていて、椿の絨毯《じゅうたん》ができている。

「わあ……綺麗《きれい》……」

鮮やかな紅色に彩《いろど》られた美しい光景に目を見開いて、私は感激してしまう。河童たちが椿の花を抱えていたけれど、この小径に落ちていたものを拾ったのだろうか……

「椿の小径だ。紅椿の敷地は、椿の群生林に囲まれているからな」

紅椿家の敷地にある高台は、霊脈の影響で毎日椿が咲いては、その日のうちに花がポロッと落ちて、このように赤い道を作るらしい。

私は夜行様の肩をちょんちょんとつついて、降ろしてほしいと言う。

「ここを歩きたいのか？　長旅で疲れてないか？」

「大丈夫です。白蓮寺にいた頃は、もっと急な山道や崖《がけ》を登って、山菜やキノコを採ってましたから」

「そうか。お前は働き者だな」

夜行様が私を降ろし、手を差し出してくれたので、私は戸惑いながらもその手を取った。

こんな風に、私が他人に触れていいのかわからないと、今もまだ思ってしまう。

だけど夜行様は、私に触れることをいつも躊躇《ためら》わない。今日は何だか、声も表情も優しい気がする……。

夜行様に手を引かれて椿の小径を抜け、開けた視界に、一瞬言葉を失った。

「これが……皇都……」

眼下に広がる圧巻の光景は、この国の中心、大皇都・東京《とうきょう》だ。

時の皇帝・晴明帝《せいめいてい》の住まう巨大な宮殿を中心に華やかな都会の景色が広がっていて、大通りを多くの人々が行き交っている。和装の人もいれば、洋装の人もいる。

何より煌々《こうこう》とした電灯や、立ち並ぶ屋敷の灯《あか》りに驚かされた。

空は少し暗くなってきたのに、夜の訪れすら気づかないのではというほど、皇都が明るく照らし出されている。街並みの建造物は、瓦屋根《かわらやね》の屋敷が軒を連ねている通りもあれば、洋館の立ち並ぶ一角もあるようだ。

ああ。話に聞いていたとおり。花嫁修業で読んだ本のとおりだ。

開国より約五十年──皇都は西洋諸国の文化や技術を取り入れて、今まさに文明開化を謳歌《おうか》している。

「白蓮寺家は皇都から離れた北の山間《やまあい》にあるから、菜々緒は電気の灯りを見たことがないのではと思ってな」

「はい。皇都がこんなに明るいなんて知りませんでした。ここがこの国の中心……なのですね」

ゴーン、ゴーン、ゴーン……

ちょうど黄昏時《たそがれどき》を告げる、重々しい巨大な鐘の音が鳴り響いた。

「これは、陰陽大神宮の、刻《とき》の鐘だ」

「陰陽大神宮……五行結界の中心に位置しているという、あの」

この鐘の音を聞いた時、ぞわぞわと、空気が変わったのを感じ取った。

私は思わず自分の体を抱き、夜行様もそれを見てふと空を見上げる。

「およそ五十年前、この大和皇國《やまとこうこく》では開国を巡って人とあやかしが激しく争った。皇都を囲う五行結界とは、その時、脅かされていた人の領域を守るために、陰陽五家によって編み出されたという」

その話は、私も歴史の本で読んだことがある。

西洋諸国は鎖国をしていた大和皇國に開国を迫っていたが、皇國に住まう大半のあやかしたちが開国に反対していたため、賛成派の人間と、反対派のあやかしとで激しく争うことになったのだ。

開国前までは人もあやかしも、お互いの約束ごとを守り、持ちつ持たれつこの国で共存していたらしいと聞くけれど……開国より五十年経《た》った今もまだ、皇國では人とあやかしの対立が続いている。

「皇都は強力な五行結界によって守られているが、それでもどこからか、人に害をなす悪鬼悪妖は入り込んでくる。それを狩るのが紅椿家の……俺の仕事だ」

「……夜行様の、お仕事？」

「ああ」

夜行様は〝皇國の鬼神〟と呼ばれていると聞いたことがある。

その務めがどれほど大変なのか、私はまだ知らない。

彼は真面目《まじめ》な顔をして、私に向き直る。

「菜々緒。お前には紅椿家が今後も皇都を守りきれるよう、俺の妻として、側で支えてほしいと思っている。きっと、お前の力が必要になる」

「私の……力が……？」

それは私の霊力が、普通より高いから？

それだけのことが、夜行様には大事なのだろうか。

夜行様は私の前で屈《かが》むと、私の手を取り、顔を見上げた。

「お前のことは宝物のように大事にするつもりだ。側室も取らない。約束しよう」

真摯《しんし》な言葉の数々には、心揺さぶられる。

胸の奥がぎゅっと締め付けられるような感覚もある。だけど……

「夜行様のような方の妻が、私で……本当にいいのですか？」

私はふっと、夜行様から視線を逸《そ》らしてしまった。

どうしても、私は私自身が、夜行様の妻にふさわしいと思えないのだった。

「連れ出せと言っておきながら。我が妻は、なかなか手強《てごわ》いな」

夜行様は小さくため息をついた。

だって、少しでも心を許したら、きっともう戻れない。

やはり〝傷モノ〟は要らないと言われて、突き放されたりしたら、私は……

「まあ、警戒する気持ちもわからなくはない。お前は白蓮寺家で、随分と酷《ひど》い扱いを受けていたようだからな。特にあの、白蓮寺の若夫婦には」

あ……

肌から嫌な汗が滲《にじ》み出《で》て、呼吸が速まる。

若様と暁美《あけみ》姉さんの顔が一瞬だけ頭をよぎったのだ。

「菜々緒……？　菜々緒！」

徐々に、夜行様の私の名を呼ぶ声が遠のいて、目の前が真っ暗になった。

○

『猿臭い』

『ねぇ。菜々緒はどうして生きていられるの？　あやかしに辱められた女に、生きている価値なんてないのよ？』

『傷モノなど白蓮寺家の花嫁にふさわしくない』

『私だったら、自分で命を絶つわね』

若様や、暁美姉さんの言葉が、交互に巡っていく。

猿面が。

あの簪《かんざし》が。

暗闇《くらやみ》の中、ぼんやりと浮かび上がる。

私を人間以下の存在に貶《おとし》め、心を殺した、呪《のろ》いたち。

こんな風に、嫌われて、拒絶されて、奪われて、捨てられるくらいなら。

もう、恋なんてしたくないと思った。

「起きたか？」

夜行様は、窓辺に座って煙管《きせる》をふかし、片手で椿の花を弄《もてあそ》んでいた。

外はすっかり暗くなっていて、窓からはよく晴れた夜空と、大きな満月が見える。

「…………」

夜行様は、皇國陰陽寮《おんみょうりょう》の制服をきっちりと纏《まと》っている。

私もやっと、ぼんやりとしていた頭が冴《さ》えてきた。自分が寝巻きの浴衣姿になってい
て、布団に寝かされていたという状況を自覚したのだ。急いで布団から飛び出す。

「あ……っ、も、申し訳ございません。私、眠ってしまったのでしょうか」

「お前が謝るな。傷が癒《い》えてない中、お前に無茶をさせたのは俺だ」

「い、いえ……っ」

ふるふると首を振る。夜行様は十分気遣《きづか》ってくれていた。大丈夫だと言ったのは自分な
のに、結局、こんな風に倒れて寝込んで、迷惑をかけてしまった。

それでなくとも、私は傷モノだ。

こんな風に、お手を煩わせてしまってはいけないのに……っ。

○

「このまま部屋で休むといい」

「で、ですが……夜伽《よとぎ》のおつとめは……っ」

「…………」

夜行様、なぜか驚いたような真顔になる。

「あー。お前、一応、花嫁修業を受けていたんだったな。あの男のために」

嫌なことを思い出したと言うように「チッ」と舌打ちする夜行様。

夜行様が舌打ちすると、いつもビクッとしてしまう私。

「安心しろ。式を挙げるまでお前に手を出すつもりはない。そもそもお前は、まだ俺のことを怖がっているだろう」

「…………」

私は、何も言えなかった。

そんな私を見て夜行様は少しだけ苦笑し、どこか憂《うれ》いある表情でこんなことを言う。

「だが、まあ……明日は少し、紅椿家の花嫁のつとめを教えることになるかもしれない」

「紅椿家の花嫁の……つとめ……？」

朝餉《あさげ》の準備のことだろうか。

「あの、私、何でもします」

「…………」

「夜行様には、命を助けていただいたようなものですから……っ」

確かにまだ、夜行様のことが怖いと思う瞬間はある。
だけど、夜行様が傷モノの私を娶《めと》ってくださり、あの境遇から救ってくださったのは確かだ。妻のつとめは、しっかりと果たさなければと思う。

夜行様はしばらく黙っていたが、ポツリと「そうか」とだけ答え、スッと立ち上がる。

「俺も今からお務めだ。皇都に現れた悪妖どもを斬《き》りに行く」

「危険なお仕事ですか？」

「……安心しろ。俺は強い」

夜行様は不敵な笑みを浮かべた。

「この部屋は後鬼《ごき》に守らせている。お前はもう休んでいろ」

私はまだ、夜行様のことも夜行様のお務めも、どういうものなのか知らない。
だけど……

「あ、あの。夜行様」

私は旦那様を見送るため、畳の上に三つ指をつき、深く頭を下げる。

「いってらっしゃいませ」

私はこのお方の、妻になるのだ。

その自覚が、やっと、芽生《めば》えつつある気がする。

「……ああ、行ってくる」

夜行様は私の側に膝《ひざ》をついて、さっきまで片手で弄んでいた椿の花を私の髪にさした。

私が顔を上げた時、お互いに少しの間、見つめ合う。

「…………」

「…………」

やはり夜行様の赤い瞳は、この世のものとは思えない、美しい色をしている。

恐ろしいけれど、もっと見つめていたい、見つめられていたいと思ってしまう、そんな魅惑の色だ。

その視線が私からフッと外れたかと思うと、夜行様は……

「え⁉」

当然のように、窓から外へと、ひょいと飛び降りた。

私は慌てて、窓辺に駆け寄り、そこから外を見下ろした。

すでに地上にいる夜行様は、刀を手に、自信に満ち溢れた表情のまま、多くの鬼を引き連れている。

「さあ。行こうか、紅椿の百鬼ども」

煙管をふかし、百鬼に号令をかけ、皇都の夜に現れた魑魅魍魎《ちみもうりょう》を斬りにゆく。

皇國の鬼神——

彼がそう呼ばれていることを、改めて思い出した。

ああ。なんと恐ろしい人だろう。

だけど私は、夜行様が耳の上にさした椿の花に触れながら、自分の心に灯《とも》った小さな光に気がついている。

あの方こそが、私の旦那様《だんなさま》。

皇國の鬼神、紅椿夜行様。

私はあの方に、恋を、するのだろうか。

裏

紅椿夜行、喉《のど》の渇きに耐えている。

俺の秘密を知ったら、菜々緒は俺を、嫌うだろうか。

皇都の大きな洋館の屋根に座り込み、鞘《さや》に納めた刀を抱えて。

この俺、紅椿夜行はあやかしの返り血を浴びたまま、プカプカと煙管をふかしていた。

今しがた、皇都に現れた巨大な鳥獣を斬《き》り倒したところだ。目下では、その鳥獣の死骸の処理に皇國陰陽寮の隊員たちが追われている。

それを見つつ、長いため息と共に煙を吐《は》く。

「……ああ。喉《のど》が渇いたな」

ポツリと呟《つぶや》いて喉を撫《な》でると、俺の式神である〝前鬼《ぜんき》〟が真横にドロンと現れた。

「夜行ぉ……オメーやっぱ足りてねえんだろ。本家の貯蓄も残り僅《わず》かだ。もう菜々緒の嬢ちゃんに分けてもらうしかねーんじゃねーの」

前鬼の紙の面が翻《ひるがえ》り、奴のギザギザした歯が見えた。

この野郎、主《あるじ》が苦しんでいるのを見て笑ってやがる……

「だがなあ。痛いだろうし、泣かれてしまうだろうな」

「はあああ？　何を今更」

「菜々緒はまだ俺を怖がっている。触れるとわかる。ずっと震えている」

俺は煙管を咥《くわ》えたまま、ブツブツ言う。

すると前鬼は、

「泣かれて、怖がられて。だから何だってんだよ」

鬼らしい無慈悲な口調で、俺を煽《あお》る。

「それが紅椿の花嫁のつとめだ。そうだろぉ？　お前だって重々承知の上で、あえてあの娘を娶ったんじゃねーのか？」

「…………」

「帰る場所も、逃げる場所もない、傷モノの娘をよお」

前鬼は俺を見下ろして、俺はこいつを睨《にら》み上げた。

ああ、そのとおりだ。前鬼に言われなくてもわかっている。

……菜々緒。

名門・白蓮寺家に生まれ、類《たぐ》い稀《まれ》な高い霊力を持ちながら、猩猩《しょうじょう》に刻まれた傷によって、一族の人間に散々虐げられてきた娘。

今までもずっと、痛く、辛《つら》い思いをしてきた娘だ。

その体には妖印だけではなく古傷もたくさんあった。先日の傷だって癒えていない。

そんな傷だらけの娘の体に、俺は、更に傷を刻むことになるのだろう。

——いってらっしゃいませ。

たどたどしくも健気《けなげ》に、我が妻として送り出してくれた菜々緒の姿を思い出して、俺は苦笑した。

「菜々緒にはまだ、嫌われたくないな……」

そうボヤいて、前鬼のしつこい煽りを無視しながら、また屋根の上で煙管をふかしていた。そしたら、

「いたいた、夜行！」

俺のいる屋根の上に、同じ皇國陰陽寮の制服を着た別の男がスタッと降り立ち、ここまで駆け寄ってきた。

こいつは皇國陰陽寮・四番隊所属の、翠天宮幸臣《すいてんぐうゆきおみ》というヘラヘラした男だ。俺とは同期でもある。今日も性懲《しょうこ》りもなくヘラヘラしている。

「夜行、お前！　白蓮寺家から嫁を貰《もら》ってきたらしいじゃないか。本部で凄《すご》い話題になっているぞ！」

「……チッ。早いな」

「可愛い系？　美人系？　お前がサクッと結婚決めたってことは、相当好みだったんだろうな～。どんな娘か想像もつかん。参考までに今度会わせてくれ」

「ふざけんな。誰がお前みたいな女たらしに……っ」

「えー。夜行のお嫁さん見てみたい〜」

俺は喉の渇きのせいでイラつきながら、うるさい幸臣の相手をする。

幸臣はしばらく俺をおちょくっていたが、ふと真面目《まじめ》な顔つきになり、制服の帽子をかぶり直しつつ、その隙間《すきま》から意味深な視線を俺に向けた。

「だが、白蓮寺の娘、か。お前のことだから大丈夫だとは思うが、同期のよしみとして一応、忠告はしておく。白蓮寺の花嫁には気をつけろよ」

「…………」

「お前だって聞いたことくらいあるだろう。白蓮寺家の、黒い噂《うわさ》を」

「……ああ。わかっている」

「なら良かった。しかしまあ、めでたい。花嫁殿が夜行の無茶にどれほどついてゆけるのか、見ものだ！」

「てめえ。本当はちっとも祝ってないだろう……っ」

しかしまあ、菜々緒を俺の無茶に付き合わせるというのは、言い得て妙だ。

この無情な、喉の渇きを癒《いや》すため。

きっと俺は、菜々緒を傷つけてしまうのだろうから。

第四話

椿《つばき》鬼《おに》

紅椿邸《べにつばき》に着いた、翌日の早朝。

白蓮寺《びゃくれんじ》の里にいた頃の癖《くせ》で、私は早朝に目を覚ます。

だけどあのボロ小屋と何かが違うと思ったら、部屋の中がぽかぽかと暖まっている。どうやら紅椿家に仕える鬼火《おにび》が四隅《よすみ》に留まり、部屋を暖めてくれていたようだ。

今更だけれど、お布団も上等なものでとても寝心地が良かった。以前までは藁《わら》の筵《むしろ》に横たわり、虫食いだらけの薄い掛け布団に包《くる》まって、寒さに耐えながら寝ていたから……。

昨晩、夜行《やこう》様が飛び降りた窓を開けて、私は朝の冷たい空気を胸いっぱいに吸い込んだ。

まだ、人々が活動するより早い時間帯。とても静かだ。

「あ。春の匂《にお》いがする」

空気はまだ冷たい。

だけど椿の花の芳香と共に、春めいた匂いがここまで香ってくる。

私は着替えて部屋を出た。すると、後鬼《ごき》さんがこの部屋の襖《ふすま》の前できっちりと座っていて、少しだけ驚かされた。

ずっとここにいたのだろうか。鬼は眠らないのかな……

「あの、後鬼さん。おはようございます」

「まあ、おはようございます菜々緒《ななお》様。もう少し眠っていらしてもいいのに！」

後鬼さんは朝から快活な声で挨拶《あいさつ》をしてくれて、私はホッとしていた。

「私、いつもこの時間に起きていますから、大丈夫です。その、目が覚めてしまうのです。それで、あの……」

私がモジモジしている一方で、後鬼さんはジッと私の姿を見ていた。

紙のお面越しでも強い視線だけはビシビシ感じる……。

「菜々緒様。そのお召し物、白蓮寺の里から持ってきたもので？」

「あ、はい」

私が着ていたのは、白蓮寺家で着ていたツギハギだらけの地味な着物である。

だってこれしか持ってないから。

「その。私、沐浴《もくよく》をして、夜行様の朝餉《あさげ》の準備がしたいのですが……っ！」

朝餉の準備は、五家の当主の妻のつとめだ。

花嫁修業でも、散々、朝餉の儀式の重要性を学んできた。

本家の朝餉も暁美《あけみ》姉さんの計らいでずっと作ってきたけれど、これから私は紅椿家で、夜行様のために朝餉を作るのだ。

「菜々緒様。夜行様はまだ、部屋に籠《こも》って休んでおいでです。どうやら昨晩のお務めで無茶をされたようで。元々朝に弱い方ですから朝餉の時間に起きてこられるかどうか」

「えっ。そ、そうなの……ですか？　お務めで無茶を？」

私がオロオロと心配していると、後鬼さんは何を思ったのか……

「いえ、そうですね。菜々緒様が朝餉を作ったのだと知れば、夜行様はお喜びになるかもしれません。以前、白蓮寺家でいただいた菜々緒様の朝餉を、夜行様は随分と褒めていらっしゃいましたから」

「え……っ」

そっか。そういえば夜行様、白蓮寺家で私の作った朝餉を食べてくれたのだった。

私の料理がお口に合うのだったら、嬉《うれ》しいな。

「でもその着物はダメです。私が叱《しか》られてしまいます」

「え」

というわけで、まずは紅椿の屋敷《やしき》の、露天の沐浴場で体を清める。

面白いことに、紅椿家に仕える鬼火がお湯の温度も調整してくれているらしく、沐浴場のお湯も温かく、震えずに済むのでありがたい。紅椿邸では、鬼火たちが大活躍だ。

湯船の水面に無数の椿の花が浮かんでいて、それがとても綺麗《きれい》で心が落ち着いた。

こんなの初めて。

「どうぞでしゅ〜」

「あ、ありがとう。河童《かっぱ》さん」

昨日出会った小さな河童の一匹が、せっせと椿の花を運んで湯船に浮かべてくれる。

これも紅椿の河童のつとめなのだとか、何とか。

気持ちよくて、ずっと湯船に浸《つ》かっていたくなるが、朝餉の準備があるので体を清めたらすぐに上がる。脱衣所で待ち構えていた後鬼さんによってテキパキと体を拭《ふ》かれ、新しい着物に着替えさせられる。

用意してもらったのは、赤の地に格子柄《がら》が描かれた可愛《かわい》らしい着物で、落ち着いた黒い帯との組み合わせが、どこか紅椿家の一員という気がしてくる。普段着用だがとても上等なものだ。

紅椿家の台所は白蓮寺家のものよりずっと新しいようだが、立派な竈《かまど》があって、調理器具も使い勝手の良さそうなものが揃《そろ》っていて、料理のしがいがありそうだ。

白蓮寺家と同じように、紅椿家の台所の土間の柱にも『三宝荒神《さんぽうこうじん》』と書かれたお札が貼《は》られている。朝餉を作り始める前に火と竈の神様に手を合わせるのが儀式の決まりだ。特に紅椿家は五行の【火】を司《つかさど》っている一族なので、火の神は大事に祀《まつ》っているようだ。

さて。台所には、材料がすでに揃えられている。

朝餉は、白いご飯、焼き魚、汁物、季節の小鉢、季節のお漬物というのが、儀式に必要な基本の献立《こんだて》だ。そこに好みや地域性で、卵料理や水菓子を加えたりする。

また、暦《こよみ》によって取り入れるべき食材というものがあり、そこに気をつけて献立を考えなければならない。旬《しゅん》の食材を体に取り入れることで、霊力を大地や海の恵みからいただくことができるのだ。

例えば三月ならば、ふきのとうやわらびなどの春の山菜や、しいたけ、菜の花、春菊などだ。これらの食材は、主におひたしや煮物、酢の物などの小鉢料理にしたり、汁物に加える。

「あ。お魚」

白蓮寺家では主に川の魚だったが、紅椿家では海の魚が用意されている。この辺だと川魚より、港の市場から仕入れた海魚をよく食すのだろう。

汁物は、地域や家の伝統が表れやすい献立だ。紅椿家ではどのようなものを好んで食すのだろうか。白蓮寺家では、里の伝統料理である〝鶏汁《とりじる》〟を朝から食べるのが習わしだったし、私も母に、念入りに教え込まれたのは鶏汁の拵《こしら》え方だった。

材料もあるようだし、今日のところは、得意な鶏汁でいいかしら。

調理中は、新しい着物を汚さないか、気が気ではなかった……

「……よし」

朝餉の準備を終え、炊《た》きたてのご飯、根菜としいたけの鶏汁、焼き魚、菜の花のおひたし、こんにゃくと油揚げのきんぴら、高菜の浅漬けと大根のお漬物をお膳《ぜん》にのせ、夜行様のお部屋に運ぶ。

後鬼さんに、夜行様はお部屋で朝食を召し上がると聞いたから。

「夜行様。おはようございます」

「…………」

閉じきった襖の奥に向かって声をかけるが、夜行様の返事はない。

やはりお務めの疲れが溜《た》まっていらっしゃるのだろうか。

だけどしばらくして「んー」というような、夜行様の唸《うな》り声が聞こえた。

「あの。お目覚めですか？」

「菜々緒か？　……すまないな。俺は朝に弱い」

その声は本当に気だるく辛《つら》そうだった。気丈で、余裕ある夜行様の声とはまるで違う。

「もしかして、どこかお辛いのですか？　お怪我《けが》をされているとか？」

「…………」

私は後鬼さんが「起きているようなら遠慮なくお部屋にお入りください」と言っていたのを思い出した。

襖越しでも、何となく、夜行様の霊力の乱れを感じる。

具合が悪いのではと思って、私にしては思い切って、夜行様のお部屋の襖を開けた。

朝餉のお膳を横の方に置いて、布団で仰向けになっている夜行様のすぐ側に座り「夜行様」と声をかける。

夜行様は目元を腕で押さえたままだが、顔色が少し悪いように思える。

私はますます心配になった。

「夜行様。お辛いのですか？　私に何か、できることはありませんか？」

「…………」

おろおろして聞くと、夜行様は目元を押さえていた腕を少し上げて、チラッと私を見た。

その赤い瞳《ひとみ》は憂《うれ》いを帯びていて、何かを私に訴えているようにも思える。

だが、

「……大丈夫だ。俺に構うな」

夜行様は何も告げず、ゴロンと寝返りをうった。

「で、ですが」

「チッ。後鬼の奴《やつ》、わざと菜々緒を差し向けたな。部屋に近づけるなと言っていたのに」

「……⁉」

何だか拒絶されているような気配を感じて、涙目になる私。

「や、夜行様。差し出がましいようでしたら申し訳ありません。ですが、霊力が乱れているのを感じます。お薬か何か、飲んだ方がよろしいのでは……」

霊力の不足や乱れは、体調にはっきりと出る。だから私たち陰陽《おんみょう》五家の人間は、朝餉で霊力の補給をしたり、巡りを良くしたりして、一日に備えるのだ。

朝餉だけで足りないようだったら、霊力を整える薬だって、紅椿家にはあるはず……

「私にできることがあったら、何でもします。何なりとお申し付けください、夜行様」

「…………」

夜行様からは何の返事もなく、私は項垂《うなだ》れる。

きっと、私にできることなどないのだろう。

「あの。あの。……私、後鬼さんを呼んできます」

「待て。菜々緒」

私が立ち上がろうとした時、夜行様の布団がバッと開いた。

そして私の腕を掴《つか》んで引き寄せ、布団の上に押し倒す。

不意な出来事に私は目を大きく見開いて、覆《おお》い被《かぶ》さる夜行様の赤い瞳を見つめていた。

その赤い瞳は、どこか切なげに揺れている。

「何でもすると、言ったな。菜々緒」

「……え……」

「ならば、紅椿の花嫁のつとめを、果たしてくれ」

夜行様は、そのまま私の首に顔を埋《うず》め、首筋に唇《くちびる》を寄せる。

私は何が何だかわからず、驚いて身を強張《こわば》らせ、そして、

「や……っ、夜行……様……」

——痛い。

首筋の柔らかな部分に、鋭く細い何かが刺さる。

「痛い。痛い。夜行様……っ！」

あまりの痛みと、体内の霊力の流出の感覚に、私は大きな恐怖を感じた。

とっさに夜行様を押《お》し退《の》けようとしてもがくけれど、不思議なほど体に力が入らず、されるがまま。心臓が早鐘を打ち、ドクンドクンと、血が体を巡るような感覚だけが、異様に感じ取れる。

私は何をされているの？

もしかして、血を……吸われている……？

呼吸が乱れ、チカチカと目眩《めまい》がしそうになる中で、夜行様がその口元を私の肌から離し、耳元で囁《ささや》いた。

「……痛いか？　菜々緒。これが紅椿の花嫁の、つとめだ」

「………」

「紅椿家には代々、俺のような吸血体質を持つ男が生まれてくる。先祖がその身に封じた、血吸いの悪鬼の、忌《い》まわしき呪《のろ》いだ」

ゆっくりと、夜行様は私の首筋から離れ、顔を上げる。

その口元は、赤い鮮血で濡《ぬ》れていた。

「この吸血の鬼の体質を持つ者のことを、俺たちは〝椿鬼《つばきおに》〟と呼んでいる」

椿……鬼……

「椿鬼にとって、血は飲み水のようなもの。日々、お前のような霊力の高い女の血を飲まなければ、先ほどのように弱ってしまうのだ」

そして再び、首筋の傷口から溢《あふ》れる血を舐《な》める。

「白蓮寺の里で、お前を花嫁に選んだのはこのためだ。少し舐めただけのお前の血が、あまりに美味《うま》くて……俺にはお前が、必要だった」

「………」

「お前しかいないと、思ったんだ」

驚きと痛みで、小刻みに震えていた私は……

状況を理解するより先に、ポロポロと涙を零《こぼ》していた。

夜行様は私の涙に気がついてハッとする。そしてジワジワと悲しそうな目をする。

「俺が、恐ろしいか？」

「………」

「俺のことが、嫌いになったか……？」

何も言えずにいる私を見て、夜行様は覆い被さっていた私の上から退く。

そして顔を背けながら、口元の血を自分の手で拭《ぬぐ》う。

「無理もない。この体質のせいで俺の下《もと》を去った者もいる。だから、お前にはまだ、こんな俺を見られたくなかった」

その時の、陰を帯びた夜行様の表情に、どうしてか胸がズキンと痛んだ。

首を嚙《か》まれた痛みとは違って、この胸の痛みは、私にも覚えがある。

信じていた者、信じたかった者に拒絶された時に感じる、喪失感だ。もしかしたら夜行様は、私と同じ苦しみを抱《かか》える人なのではないだろうか。

だから、私は……

「い、いえ」

私から遠ざかろうとする夜行様の袖《そで》をギュッと握って、首を振る。

そして呼吸を整え、体の震えを抑えつつ、

「チクッとして……少し驚いてしまっただけで。ごめんなさい。泣いてしまって」

「…………」

「ですが、泣いたのは……私が、私の血が……」

私は必死に言葉を紡ぎ、涙声で訴えた。

「私の血なんて穢《けが》れているのに。ずっとそう言われ続けてきたのに……っ。それでも夜行様は、必要だと言ってくださったから」

「……菜々緒」

「私、嬉し……くて……っ」

どうしてだろう。痛い、恐ろしいという気持ちがないわけではないのに、それ以上に、嬉しい気持ちが込み上げてくる。

「この身が、夜行様のお役に立てることが、嬉しい……っ」

穢らわしい。猿臭い。

傷モノの娘。

そう言われ続けた私を、夜行様は本気で求めてくれていたのだ。

「俺が、怖くないのか？」

夜行様は、私の言葉に驚いていた。

私はゆっくりと起き上がり、乱れた胸元を整える。今もまだ胸が早鐘を打っている。

「全く怖くないと言ったら、きっと嘘《うそ》になります。だけど夜行様は、傷モノの私を……菜々緒を、受け入れてくださいました」

「…………」

「それなのに私が夜行様を拒《こば》んだら、私、夜行様の妻になる資格なんて、ありません」

また怖がってしまうかもしれない。

痛みに泣いてしまうこともあるかもしれない。

だけど、誰かに必要とされなければ、人は生きていけない。

たとえ血だけを欲して、私を花嫁として迎え入れたのだとしても……


「血が必要な時は、菜々緒をお呼びください、夜行様」


この時、私はきっと、初めて自分から夜行様に笑いかけた。

目の端《はし》にいっぱいの涙を溜めて、微笑《ほほえ》んでいたと思う。

夜行様はそんな私を、しばらく瞬《まばた》きもせず見つめていたが、その表情のまま大きな腕で私の体を抱き寄せ、ギュッと……強く優しく抱きしめてくれた。

こんな風に、人に抱きしめられたのは、いつぶりだったか。

「や、夜行様……？」

「……腹が減った」

お腹《なか》を空《す》かせた夜行様が、それでも私の首筋の傷の手当てをしてくださり、その後やっと朝餉を召し上がる。

傍《はた》の方で忘れられていた朝餉のお膳《ぜん》は、夜行様のお部屋にいた鬼火が空気を読んで保温してくれていたらしく、まだ出来立てと同じように温かいらしい。

「はあ〜。美味すぎる。お前の血も美味いが、お前の作る朝餉も美味い」

夜行様の食べっぷりは、殿方らしくて惚《ほ》れ惚《ぼ》れする。

おかわりもしてくれた。お口に合ったようで、とても嬉しい。

「特にこの鶏汁が絶品だな。白蓮寺家でも食べたが、お前の得意料理か？」

「は、はい。白蓮寺の里で受け継がれてきた料理です。あの辺は鶏肉をよく食べるので。ごぼうを先に、胡麻《ごま》の油で炒《いた》めるとコクが出るのです……」

「ほお。作り方にコツがあるのか。お前の朝餉を食うと、霊力が潤《うるお》う感覚がある」

「その、夜行様の一日が満ち足りたものでありますように……と。しっかり霊力を込めましたので……っ」

私はもじもじしながらも、そこのところをしっかり強調した。

そういえば、私は自分が作った朝餉を誰かが食べているところを、初めて見た。

何だか不思議な心地だ。美味い、美味いと言ってもらえると、胸の内側が温かくなる。

夜行様は食べ終わった食器をお膳に置くと、手を合わせて食事を終えた。

そして食後の一服という感じで、煙管《きせる》をふかしている。

私が食後のお茶を運ぶと、妖印《よういん》のある額の近くを、夜行様がよしよしと撫《な》でてくれた。

私はびっくりしてしまったが、夜行様は大人びた表情で言う。

「でかした、菜々緒。明日からも頼む」

「……は、はい……っ」

この時、私はもう夜行様に触れられることを、恐ろしいとは思わなくなっていた。

むしろ、誰かに褒められたり、抱きしめられたり、頭を撫でられたりしたのは本当に久々で、嬉しく切ない気持ちで、胸がいっぱいになっている。

傷モノの私に、こんな嫁入りが、待っていたなんて。

だけどここで、目眩《めまい》がしてきて、ふらついて……

「あ、あれ」

「うわあ、菜々緒――っ！」

貧血で目を回した私は、夜行様の腕にすっぽり抱きとめられて、何だか幸せな疲労感をおともに気を失ってしまったのだった。

裏　白蓮寺麗人《れいと》、菜々緒の作った朝餉が恋しい。

それは、菜々緒が紅椿家へ嫁《とつ》いでしまった翌日の朝のこと。

出された朝餉の鶏汁を一口啜《すす》って、すぐに気がついた。

味が、全然違う。

「…………」

繊細さに欠けていて、味付けが雑だ。何より朝餉に含まれている霊力量が、以前よりはるかに落ちている。

物足りない。満たされない。

昨日までの朝餉は、あんなにも美味かったのに――

◯

「何？　菜々緒にずっと本家の朝餉を作らせていた？　どういうつもりだ、暁美」

「え、えっと～。菜々緒は私の従妹《いとこ》で、妹のようなものでしたし、いくら傷モノでも食い扶持《ぶち》がないと可愛そうだと思いまして」

「ならばなぜ、それを自分の手柄《てがら》のように言っていたんだ」

「そ、それは～……」

妻の暁美の発言に対し、私は信じられないというような表情でいた。

この私、白蓮寺麗人《れいと》はずっと、妻の暁美は、実に美味い朝餉を作る女だと思っていたからだ。

顔も性格もあまり好みではなかったが、この朝餉が拵えられるのであれば、私の正妻として文句はない、と。

だが、今まで朝餉を作っていたのは、私の元許嫁《いいなずけ》である菜々緒だった。

傷モノの菜々緒は飯もろくに食えない日々を送っていたため、食い扶持を与えるために本家の朝餉を拵えさせていた、と暁美は白状した。

それを聞いて、私は唖然《あぜん》とした。

そんなこと、私は一つも気がつかなかった。

母上は「傷モノの拵えたものを食わせていたのか、穢らわしい！」と暁美を酷《ひど》く叱っていたが、私は穢らわしいと思うより先に……以前の朝餉の味を恋しく思っていた。

実際に、菜々緒がいなくなったことで、本家の朝餉の質は格段に落ちたと、誰もが心の中で思っていた。

口には出さないが、傷モノであっても、菜々緒はやはり特別な娘だったのだ、と。

それに菜々緒はきっと、元許嫁である私のことを思いながら美味い朝餉を拵えていたのだろう。あんな猿面をつけさせられて、語ることすら封じられて。

誰に褒められるでもなく、毎日、健気《けなげ》に……

ここ数日の暁美に作らせた朝餉は、焼き魚が焦《こ》げていたり、飯が軟らかすぎたり芋や野菜が生煮えだったり、味付けや盛り付けが雑だったりと……長年それを避けていた理由がありありとわかる有《あ》り様《さま》だ。

特に、白蓮寺の里では郷土料理とされる〝鶏汁〟は、菜々緒の作りが特別丁寧だったことがよくわかる。私は菜々緒の拵えた鶏汁の味が、どうしても忘れられない。

何より、菜々緒が朝餉に込めていた霊力量が段違いであったのだと、ここ数日の生活で実感する。朝餉は儀式であり、その日の質を左右するから。

これは暁美には任せられない、となった本家では、母が再び厨房《ちゅうぼう》に立つこととなった。

母は暁美に、朝餉の基本を一から教えているようだが……

違う。そういうことではない。私は菜々緒の朝餉が食いたいのだ。

だが、菜々緒はもう、あの男に嫁いでしまった。

紅椿夜行。

陰陽五家の頂点・紅椿家の当主であり、皇國《こうこく》の鬼神とも名高いあの男だ。

やはりあの時、紅椿夜行と菜々緒の婚姻を、何としてでも阻止すべきだった——

○

「紅椿家の当主が、菜々緒を娶《めと》りたいと？」

「これまた物好きな……変わり者だとは聞いていたが……」

「しかし傷モノを高値で売る絶好の機会だ」

「紅椿家には金がある。今を逃す手はない」

これは、白蓮寺の里を訪れていた紅椿夜行が、菜々緒を娶りたいと申し出た日のこと。

白蓮寺家の大御所たちは、突然湧《わ》いて出た菜々緒の縁談に戸惑いつつ、ヒソヒソと話し合いをしていた。

私はというと、妙な焦りにかられていた。

どうしてか、菜々緒をあの男に取られたくなかった。

「お待ちください……っ」

私が声を上げたので、父上が怪訝《けげん》な顔をして「なんだ麗人」と言った。

私は膝《ひざ》の上の拳《こぶし》をギュッと握りしめ、発言した。

「菜々緒は傷モノとはいえ、高い霊力を持つ娘です。このまま紅椿家に嫁がせるのは、紅椿家の権力をますます増長させることになりかねないのでは」

「……ではどうしろと？」

「このまま、白蓮寺家に留《とど》めるべきです。……例えば、私の側室として……」

「は⁉」

この場での発言権のない妻の暁美が、素《す》っ頓狂《とんきょう》な声を上げた。

確かに正妻の立場からすれば、あまり面白くはない話だろう。

「何を言うのですか、麗人さん！」

しかし真っ先に声を上げたのは、私の母上であった。

「なりませぬ！　傷モノを側室になど……っ。万が一、子を生《な》してごらんなさい。白蓮寺家の清らかな血に、おぞましい猩猩《しょうじょう》の穢れが混じってしまうのですよ！」

「…………」

「……麗人よ。菜々緒の素顔を見て、情でも湧いたか」

父上の問いかけに、私はハッとした。

このような感情を抱くようになったのは、確かに菜々緒の素顔を見てからだ。

それまでは、私も他《ほか》の白蓮寺の人間と同じように、傷モノの菜々緒を穢らわしく思って避けていた。さっきも菜々緒の言葉を信じず、簡単に殴った。

なのに……どうして今更、こんな感情が湧き出てくるのか。

ずっと見ないようにしていた菜々緒が、想像以上に美しく成長していたからだろうか。

菜々緒が今も、あの簪を、大事そうに持っていたからだろうか……

父上はため息をついて、首を振った。

「だから、あの娘には猿面をつけるよう厳しく言いつけ、徹底させたのだ。年頃になれば、確実に艶《なま》めく娘だった」

「…………」

父上は、手に持っていた扇子で膝を打った。

「決まりだ。菜々緒は高い結納金《ゆいのうきん》で紅椿家にくれてやれ。嫁の貰《もら》い手《て》があるだけ、菜々緒も運がいい……」

私以外の、本家の誰もが頷《うなず》いた。

しかしここで、祖父である先代のご隠居様が、嗄《か》れた声で「ふぉふぉ」と笑う。

「それはどうだか。紅椿家に差し出される嫁など、生贄《いけにえ》のようなものじゃて……」

「…………」

誰もが黙り込む。この時の私は、沈黙の理由も、生贄の意味も知らずにいたが、後日、ご隠居様から詳しい話を聞くことになった。

「椿鬼……？」

「ああ。これは開国よりはるか以前の話じゃ」

本家の奥座敷《ざしき》にて、ご隠居様が自身で点《た》てた茶を私に振る舞いながら、語る。

「皇國陰陽寮《おんみょうりょう》は都を脅かす〝大椿鬼〟という血吸いの悪鬼を打ち滅ぼすこと叶《かな》わず。しかして封印は可能ということで、紅椿家の先祖が犠牲となって、その身にこれを封じ込めたと言われている。この功績があって、紅椿家は五家の序列一位に君臨している」

「…………」

「それから定期的に、紅椿家では吸血体質の男子が生まれるようになったのじゃ」

「吸血……体質……」

「我々はそれを〝椿鬼〟と呼んでおる」

紅椿家にまつわる話を知らされた私は、きっと血の気が引いたような、強張った顔をしていたと思う。

「なら、菜々緒は、もしかして」

「十中八九、あの夜行に血を吸われておるじゃろう。夜行は椿鬼という話じゃからのう」

「…………」

「日々、限界まで求められる。それが椿鬼に嫁いだ女の宿命じゃ」

ご隠居様は長い髭《ひげ》を撫でながら、話を続けた。

「言ったであろう。紅椿家に嫁ぐなど、生贄のようなものじゃ、と」

「では菜々緒は、あの男に自らの血を搾取され続けるということなのですね」

「それを見込んで、紅椿夜行は菜々緒を花嫁に選んだのじゃろう。鬼の体質を持つあの男にとって、花嫁が傷モノであることなど大した問題でない。霊力の高い娘ほど血は美味いらしいからの」

ぐっと、膝の上の拳を握りしめ、私は絞り出すように言った。

「やはり、菜々緒はまだ、生き地獄の中にいるのか……っ」

ご隠居様は、よく茂った眉《まゆ》をピクリと動かし、いつもは隠れがちな目を剝《む》き出《だ》しにして、私をじっと見つめた。

「麗人？　何を考えておる」

「……いいえ。ただ、菜々緒は紅椿に嫁いで、幸せなのだろうか、と」

「お前とて、菜々緒を散々蔑《さげす》み、拒絶しておったではないか」

「それはご隠居様や父上が、菜々緒に猿面をつけさせたからです！」

「…………麗人」

今まで逆《さか》らうことなど一度もなかったご隠居様に、私は大きな声を上げた。

それは、本家が菜々緒につけさせた猿面に対する、憤り。

それによって自分自身が菜々緒に抱いた酷い差別感情への、後悔、でもあった。

「菜々緒の素顔が見えていれば、あんなことはしなかった。あの、美しい顔が見えていれば……声を聞いていれば……っ」

菜々緒は今も、私が贈った銀製の〝簪《かんざし》〟を持っていた。

傷モノと呼ばれ、あんな扱いを受けながら、健気《けなげ》に、私を想《おも》い続けてくれていたのだ。

なのに、私は、私は……

やはりあの時、無理やりにでも私の側室にしていれば、あの男に菜々緒を奪われずに済んだのに。そして、身も心も満たされるあの朝餉を、私に作ってくれていただろうに。

私は結局、二度も菜々緒を見捨てたのだ。

「麗人。菜々緒のことは忘れよ」

「………」

「紅椿家を、敵に回すようなことだけは、してくれるな」

ご隠居様は、私の後悔や未練を見抜いて、念を押すような口調でそう言った。

紅椿家は陰陽五家の序列一位。

更には皇國陰陽寮を牛耳《ぎゅうじ》る一族だ。

白蓮寺家といえども、怒らせると恐ろしい相手であることは間違いない。

だが、私はこの時すでに決意していた。

菜々緒を、あの男から救い出さなければ――と。

第五話

菜々緒《ななお》、都会にいく。

初めての吸血を受け入れてから、夜行《やこう》様は毎晩、私の血を求めるようになった。

血を吸われる時、一瞬だけチクッと痛い。だけど、後からゆっくりと、泣きたくなるほど幸せな気持ちが込み上げてくる。

感極まって、ポロポロと泣いていると、夜行様が優しい声で、

「痛いか？」

と聞いてくれる。そのままギュッと体を抱きしめてくれる。

この瞬間が、私には夢のように思えた。

「いいえ。菜々緒《ななお》は……菜々緒は嬉《うれ》しいのです」

夜行様に、この身を必要とされて……。

クラッと目眩《めまい》がして、ドッと疲労感に襲われる。

ぐったりした私を夜行様が支えてくれ、しばらくずっと頭や背中を撫《な》でてくれる。

「さっき……お前の背中に傷跡があるのを見た。一つどころではない。多くの傷だ。あれは……折檻《せっかん》の跡か？」

夜行様に指摘され、ピクッと体を震わせた。

私は夜行様の胸元を握りしめ、掠《かす》れた声で答える。

「猿面を人前で外してしまった時や、声を発してしまった時……白蓮寺《びゃくれんじ》のご当主様や奥様に、お叱《しか》りを受けることがありました」

「…………」

「ごめんなさい。本当に……汚い身体《からだ》の、花嫁で」

妖印《ようい ん》が額に刻まれているだけではない。

本当に、身体中、あちこち傷だらけだ。

傷モノになってからというもの、白蓮寺家では猿面をつけることと、言葉を封じること、この二つをとにかく徹底させられ、破れば酷《ひど》く叱られ、短鞭《たんべん》で打たれた。

私など、白蓮寺家ではどれほど痛めつけても問題ない、人としての尊厳などないに等しい存在だった。

夜行様は、震える私を、強く抱きしめてくれる。

「すまない。辛《つら》いことを思い出させた。お前にとって怖いものなどこの家にはない。安心して寝るといい。菜々緒」

「……はい……」

吸血の後は、いつも、夜行様の腕の中で意識を失ってしまう。その温《ぬく》もりに安心しきって、ぐっすりと眠って、そして、早朝に目を覚ます。

目覚めた時、夜行様は私の寝室にはいない。

だけどそこが紅椿《べにつばき》家の屋敷《やしき》で、窓を開けた時にふわりと香る椿の花に、心の底からホッとするのだ。

この日々が、夢ではないのだとわかるから。

朝餉《あさげ》の後。

夜行様が皇國陰陽寮《こうこくおんみょうりょう》の制服を纏《まと》っていたので、私は尋《たず》ねた。

「本日は、お務めですか？」

「いいや。今日はお前を連れていきたいところがある」

「連れていきたいところ？」

「病院だ」

実は私は、生まれてこのかた病院というところに行ったことがない。白蓮寺の里にも医者は数人いたけれど、医者が家庭を訪問して診察するというのが通常だったから。

「あの。夜行様は病院に、制服で行くのですか？」

「あー。まあ一応、陰陽寮《うち》の病院だからな」

「？」

というわけで、私は早速、お出かけの準備をすることになった。

後鬼《ごき》さんに化粧を施され、外出用の美しい柄《がら》の着物を着付けてもらう。

浅葱《あさぎ》色地の鮮やかな花籠《はなかご》柄の着物で、橙色《だいだいいろ》が差し色になっていてとても洒落《しゃれ》ている。

巷《ちまた》で流行《はや》っているという大きめなリボンで髪を飾ってもらい、

「これが噂《うわさ》のハイカラ……」

と心ときめいた。


「わあ……っ」

私と夜行様は、馬車に乗って皇都の中心部に赴いた。

「ひ、ひとがたくさん」

「そりゃそうだ。この国の中心だぞ」

馬車の窓からうかがえる、人の多さにビクビクしている私。

それを見て、なぜか愉快そうに笑っている夜行様。

紅椿邸のある高台から皇都の様子を見下ろすことはあったけれど、こうやってその賑《にぎ》わいの中に入ると、見知らぬ世界に迷い込んだ気がして少し不安になってくる。まだ馬車の中だというのに。

西洋文化を取り入れた街並み、レンガの道を行き交う人々の格好や髪型、生活様式。

目にした何もかもが、白蓮寺の里とはまるで違う。

華やかで活気があって、誰もが個性的で、生き生きして見えるのだ。

ビクビクしつつも、興味深く街の様子を見ている私に、夜行様が言った。

「今から行くのは、あやかしに受けた怪我《けが》や呪《のろ》いの治療が専門の病院だ」

「そのような病院が、皇都にはあるのですか？」

「ああ。皇國陰陽寮付属の病院だからな」

皇國陰陽寮――

それは、あやかしから人を守るための、退魔に特化した国家機関。

皇國陸軍、皇國海軍に並ぶ国家防衛の要《かなめ》となる組織だ。

夜行様は皇國陰陽寮のさらに要である退魔部隊に所属しており、若くして壱番隊の隊長を任されているのだった。

「……夜行か。可愛《かわい》らしい患者さんを連れているね」

「先生、本日はよろしくお願いします」

陰陽寮病院の一室で、私と夜行様は、あるお医者様に会った。

私は夜行様の後ろに隠れ気味で、知らない人を前に、不安な顔をして夜行様を見上げている。

「菜々緒。こちらは翠天宮英世《すいてんぐうひでよ》先生だ。この病院の、外科のお医者様でいらっしゃる」

翠天宮……それを聞いて、私はピンときた。

このお医者様は、陰陽五家の一角である翠天宮家の出自なのだ、と。

「あの。よろしくお願いします。菜々緒と申します……」

おどおどとしながら挨拶《あいさつ》をして、お医者様の前にある椅子《いす》に座る。

その後ろに立って、夜行様が私の診察を見守ってくれている。

「額に猩猩《しょうじょう》の妖印を刻まれているようだね。見せてくれるかね」

「え……あ……」

お医者様に、早速〝妖印〟を見せてほしいと言われて、私がおどおどモジモジしていると、夜行様が後ろから私の肩をガッと摑《つか》んで、バッと前髪を上げた。ご、強引……

「これです、先生」

「ああ〜。これはがっつりやられてしまったね〜。猩猩の爪《つめ》で付けられた傷のようだね」

「………」

妖印、と聞くと普通は誰もが嫌悪感を抱いて歪《ゆが》んだ表情になり、目を逸《そ》らす。だけどお医者様は、まるで転んでできた怪我かのように、この妖印をまじまじと見ているのだった。

傷の様子をひとしきり観察した後、お医者様は「さて……」と僅《わず》かに真面目《まじめ》な口調になって、私に言った。

「若いお嬢さんが顔に大きな傷をつけられ、傷モノと罵《ののし》られるのは、酷く辛いことだったろう。君の、白蓮寺家での境遇も聞いているよ」

あ……

白蓮寺家での境遇が頭をよぎり、私はゆっくりと視線を下げる。

お医者様はそんな私を見て、話を続けた。

「現代医療をもってしても、妖印そのものを消すことはできない。妖印とは、い、い、い、それを刻んだあやかしを討ち取らない限り、完全に消えることはないからだ」

「…………」

「だが、薬によって妖印から流れ出る妖気の匂《にお》いを封じることはできる。開国を機に西洋の医術や魔術を取り込んで、我が国でもそういう薬の開発に成功したんだ」

「え……」

私はスッと、顔を上げた。そのような話は初めて耳にした。

猿臭いと言われ続け、忌《い》み嫌《きら》われてきた。どんなに洗っても消えることはなかった。

この妖印から流れ出る匂いを封じる薬があるなんて……

「五家の人間には、あやかしから妖印を刻まれると血が穢《けが》れる、などと言う者もいる。その血に触れると穢れが感染《うつ》る、とも。しかしそれは何の根拠もない、デタラメな迷信だ。時代遅れも甚だしい」

お医者様は、その話を聞いて驚いている私に、優しく微笑《ほほえ》みかけた。

「菜々緒さん。どうか自分を卑下しないでほしい。君は素顔を隠す必要もないし、堂々と、日向《ひなた》を歩いていいんだよ」

堂々と……日向を……

他人にそんなことを言われたのは初めてだった。しかも同じ、五家の人間に。

私はジワリと涙目になって、お礼を言う。

「ありがとう……ございます」

お医者様は微笑んだまま頷《うなず》くと、今度は夜行様に視線を向ける。

「しかし驚いたよ。夜行が突然、花嫁を貰《もら》ったと報告してきたから。いやあ嬉しいね。夜行のことは赤ん坊の頃から見ているから」

「やめてくださいよ、先生」

夜行様が、少し照れ気味に言った。

それを聞いて、私はキョトンとしたまま振り返り、後ろにいた夜行様を見上げる。

「夜行様にも……赤ん坊の頃があったのですね？」

「何を当たり前のことを」

夜行様の華麗なるつっこみ。ビビり上がる私。

お医者様はそんな私たちのやり取りを見て、声を出して笑っていた。

「アッハッハ。夜行。せっかく可愛らしいお嬢さんを貰ったのだから、あまり怖がらせてはいけないよ。君が誰より菜々緒さんを大切にして、守ってあげないと」

「先生に言われるまでもなく。俺も、菜々緒からは血を分けてもらっていますから」

お医者様は、夜行様のその言葉にピンと来たらしい。

「そうか。菜々緒さんはもう、夜行の……椿鬼《つばきおに》の体質のことも知っているんだね」

「……はい」

私は素直に頷いた。お医者様は憂《うれ》いある表情になって、私に問いかける。

「君は、夜行の吸血が、恐ろしくはないかい？」

少しだけ考えて、

「いいえ」

私ははっきりとそう言って、小さく首を振った。

「夜行様は、誰にも必要とされなかった私を、必要だと言ってくれましたから」

それが、私にとって、どれほどの救いであったか。

私の反応を見て、お医者様は改めて「そうか」と言った。しみじみとした声音《こわね》だった。

「それが無理強《むりじ》いでも強制でもなく、お互いの救いになっているのなら、僕としても嬉しいよ。夜行もずっと、この体質で苦労してきたからね」

「………」

そしてお医者様は「はあ〜」と、わざとらしい切なげなため息をついた。

「皇國の鬼神がいよいよ身を固めるとなれば、お前に憧《あこが》れている皇都の令嬢たちが、失恋でこの病院に運び込まれるのも時間の問題だろうな。うちの馬鹿《ばか》息子も少しは結婚に前向きになってくれるといいのだが……」

「あいつはまだ遊びたいんじゃないですか？」

お医者様と夜行様は、私にはよくわからない誰かの話を少ししていた。

陰陽寮病院での診察の後、私はお薬をいくつか貰って、夜行様と病院を後にした。

そして、夜行様は私をある場所へと連れていく。

「カフェ……カメリア……？」

喫茶店『カフェ・カメリア』というところだ。

西洋風のお茶屋さん、らしい……

その喫茶店で、夜行様が注文してくれた不思議なお菓子に、私は目を見張る。

繊細なガラスの西洋食器に盛り付けられた、黄色くて、ぷるんとした固形物。

上の方に、謎《なぞ》の茶色の汁がかかっている。

「夜行様、こ、これは何ですか……？」

「皇都で流行っているプリンという西洋菓子だ。まあ甘い茶碗蒸《ちゃわんむ》しだな。食ってみろ」

ぷりん？　甘い茶碗蒸し⁇

味が想像できなくて、匙《さじ》を持って恐る恐る一口食べる。

「⁉」

しかし一口で衝撃を受ける。想像をはるかに上回る甘さと美味《おい》しさに、もう一口、もう一口と口に運んで、悶絶《もんぜつ》して、感動して、やがて泣く。

「こ、こんな美味しいもの……初めて食べました……っ」

「泣くな。お前は本当に泣き虫だな。せっかくの化粧が落ちるぞ」

甘くて舌触りも滑《なめ》らかで、一口食べるたびに、ふわふわした夢心地になる。

今まで経験のない味、本当に美味しいお菓子だ。

このお菓子、私にも作れないかなあ……

「あはは。そんなのじゃあチョコレートなんか食った日には、お前、卒倒してしまうぞ」

「ちょ……これーと⁇」

「知らないか？　今度、買ってきてやる」

夜行様、にっこり。

チョコレート。どんなお菓子だろう……

「ところで夜行様は、何を飲んでいるのですか？」

「ん？　珈琲《コーヒー》だ」

夜行様は、持ち手のついた西洋風の器を私に差し出す。

「飲んでみろ」

「え、え。よろしいのですか？」

「構わん」

私はおずおずと、持ち手のついた器を受け取る。

その中に注がれているのは、黒に近い茶色い飲み物だ。

さっきから思っていたけれど、この飲み物、凄《すご》く芳醇《ほうじゅん》な香りがする。同じ香りがこの店内に充満しているのだ。

言葉にしがたい不思議な匂い……と思いながら、スッと啜《すす》る。

直後、全身の毛が逆立《さかだ》たんばかりにギョッとした。

「に、苦い……っ」

「あはは。お前にはまだ早かったか」

夜行様、わかっていて飲ませたに違いない。酷い。酷い。

お口直しに甘いプリンを食べて、ホッと息をついた。夜行様はまた笑っていた。

笑われてばかりなのが癪《しゃく》で、私は唇《くちびる》を尖《とが》らせる。

「そ……そんなに苦いのに、夜行様には美味しいのですか？」

「ふふ。確かに苦いな。しかし慣れるとこれが美味《うま》い。これがないとやってられなくなる。菜々緒も大人になればわかる味だ」

「…………」

ということは、夜行様は私を子ども扱いしている……？

知っていたけれど、知ってはいたけれど、これまた癪だ。夜行様は私より八つ年上で特別大人っぽいから、私は余計に子どもに思えるのだろうな……。

「ところで菜々緒。これからもたびたび病院に通うことになるだろうが、いいか？　その傷を何度も他人に晒《さら》すことになる」

「…………」

突然の夜行様の問いかけに、私は匙を持つ手を、ピタリと止める。

そして、ゆっくりと伏し目がちになりながら、答えた。

「傷を晒すのは、構いません。翠天宮先生……素敵なお医者様でした。傷モノの私にも優しくしてくださって」

「ああ。先生には俺もずっと、お世話になっているからな」

夜行様はまた珈琲を啜って、話を続けた。

「先生は異国の地で最先端の医術を学び、あやかし関連の病《やまい》や怪我を数多く治療してきた優れたお医者様だ。俺のような椿鬼や、お前のような妖印患者にも理解がある。……古臭い因習に縛られがちな五家の人間では、珍しいお人だな」

「はい。驚きました。妖印のことも、至って普通の怪我か病のように診てくださって」

嫌がることも、邪険にすることもなく。

更には私に、日向を歩いて良いんだと、おっしゃってくださった。

「妖印なんて実際のところは大したものではない、ということだ。傷モノと蔑《さげす》まれ、あんな風に理不尽な差別や……むごい折檻を受けるいわれなど菜々緒にはなかったのだ」

「………」

夜行様。昨晩のことを、気にしていらっしゃるのかな……

「まあ、安心しろ。全《すべ》ての元凶であるその妖印は、いつか、いつか消える」

「え……？」

「なぜなら、お前にそれを刻んだあやかしは、いつか、この俺が斬《き》るからだ」

私はゆっくりと、目を見開いた。

夜行様は、誰にも負けないと言うような、強い眼差《まなざ》しをして私を見つめていた。

「約束しよう、菜々緒」

第六話

はじめてのチョコレート

紅椿《べにつばき》家に嫁《とつ》いで、約二週間。

「菜々緒《ななお》様！　菜々緒様、おやめくださいぃ〜〜〜っ‼」

後鬼《ごき》さんの悲鳴にも似た声が、紅椿邸の庭にこだました。

私はというと、庭先で鉈《なた》を振り上げ、豪快に薪《まき》を割っている最中だった。

「え？　薪を割っているだけですよ、後鬼さん」

「薪割りは、紅椿家の花嫁のつとめではありませんから！」

「……え？」

他《ほか》の使用人たちも、遠巻きに私を見ながら、ざわついている。

そろそろ紅椿家にも慣れてきたし、他にできることがないかと探して、薪割りでもしようと思って始めたら、後鬼さんに止められたのだった。

だって、白蓮寺《びゃくれんじ》の里ではいつも自分で薪割りをしていたし、ここでは朝餉《あさげ》を作る以外にこれといってやることがない。夜行《やこう》様も二日前から港町に出張に出ていて、お屋敷《やしき》にいらっしゃらないし。それに薪割りは、気分がスカッとするから……

「あははは！　流石《さすが》に鉈の扱いが上手《うま》いじゃないか。これは菜々緒を怒らせると怖い」

「夜行様……っ！」

二日ぶりの夜行様の声を聞いて、私はパッと顔を上げた。

夜行様が紅椿邸にお戻りになったのだ。私は庭のむこうからやってくる夜行様の姿を見つけ、急いで駆け寄る。

「おかえりなさいませ、夜行様」

「ああ、ただいま菜々緒。鉈は下ろせ、鉈は」

「あ……」

鉈を持ったまま夜行様に駆け寄ってしまった……

というわけで、さっきまで薪を割っていた丸太の台に、ガツンと鉈を振り落として突き刺す。手をパンパンと叩《たた》いてから、また夜行様にちょこちょこと駆け寄る。

「……うん。菜々緒はなんというか、か弱いようで逞《たくま》しい一面があるな」

夜行様が少し遠い目をしていらっしゃった。

「やはり、薪割り、やらない方がいいでしょうか？」

私がシュンとして聞くと、夜行様は「いや構わん」と言う。

「お前がやりたいならやればいい。お前にとっていい気晴らしにもなるのだろうし、いざという時に役立つかもしれない。ただし人目のあるところでやってくれ。何より怪我《けが》には気をつけろ」

「はい……っ」

夜行様は私の頭に大きな手を置き、わしわしと撫《な》でる。

二日ぶりのわしわしが嬉《うれ》しい私……

「お務め、ご苦労様です。大変な任務だったと聞きます。お怪我はありませんか？」

「怪我はない。だが、港で暴《あば》れる悪妖《あくよう》を斬《き》りまくってクタクタだ。事前に聞いていた情報より、ずっと数が多くてな」

「……最近、五行結界の内側へのあやかしの侵入が、多いのですね」

「ああ」

夜行様は眉《まゆ》を寄せ、神妙な顔つきになる。

――五行結界。

それは陰陽《おんみょう》五家が開国を機に編み出した、皇都を悪鬼悪妖から守るための大結界だ。陰陽大神宮を中心に、それは五芒星《ごぼうせい》の形を成して展開されており、星の五つの頂に各五家の〝結界守り〟を配置している。

白蓮寺家は担当である北の頂に里を作って結界守りに従事していたが、他の五家は分家に結界守りをさせていることが多いと聞いたことがある。紅椿家も、ここ本家は皇都の中心部にあるので、担当の北東の頂には分家を置いて任せているらしい。

「五行結界のどこかが緩《ゆる》んでいるのだろう。元々五行結界とはあやかしの侵入を完璧《かんぺき》に拒《こば》むものではなく、大半を間引くものではあるので小物の侵入を許しがちだが……それにしても最近は多すぎる。五家の結界守りを招集して、状況を確認しなければと局長の親父《おやじ》が……」

そこまで言って、夜行様はハッとした。

結界内へのあやかしの侵入が多いという事実は、あやかしに攫《さら》われたことのある私を怖がらせると思ったのだろうか。

「お前は気にするな。俺がいるから大丈夫だ」

「……はいっ」

そう言って、夜行様はまた私の頭をわしわし撫でる。私は夜行様にこうやって頭を撫でられるのが好きだった。いつにも増して子ども扱いされている気もするけれど……

「ひひひ。夜行の奴《やつ》、昨日からずーっと菜々緒が足りない、菜々緒が足りないって。そればかり言ってたんだぜ〜。禁断症状ってやつだよなあ」

「え？」

「前鬼《ぜんき》、お前は黙ってろ」

ドロンと姿を現し、夜行様の肩に手を置いてからかうのは、夜行様の式の〝前鬼〟さん。

私がキョトンとしている一方で、前鬼さんはますます夜行様を弄《いじ》る。

「遠出用の血液袋は持っていってたのによぉ。菜々緒の嬢ちゃんの血じゃないと力が出ないとか、物足りないとかぬかしやがる。贅沢《グルメ》になっちまったもんだぜ～」

「前鬼、うるさいぞ」

「けけけ。いいじゃねーか夜行。本当のことだろう？」

あの夜行様が言われるがまま。

確か夜行様の使役する式の中で、最も強い鬼なのだと聞いたことがある。だけど……

「あなた」

私の後ろからにゅっと顔を出した後鬼さんに、ビクッと体を震わせた前鬼さん。

「え？　あ。後鬼ちゃん。ただい……」

「お疲れの夜行様と、幼気《いたいけ》な菜々緒様をからかって遊ぶのはおやめなさい、と何度言ったら。我が夫ながら恥ずかしい、と何度言ったら」

「何で鉈？　何で鉈とか持ってんの？　後鬼ちゃん」

私にはいつもは明るくて優しい後鬼さんだけど、前鬼さんにはかなり手厳しい。

というのもこの二人は夫婦の鬼で、よく紅椿邸でも痴話喧嘩《ちわげんか》をしている。

夜行様いわく〝かかあ天下〟とのことだけれど……後鬼さんはさっきまで私の使っていた鉈を握りしめて前鬼さんにズンズンと迫り、やがて鉈を振り回し、逃げる前鬼さんを追いかけ回す。なるほど。

そんな鬼夫婦の追いかけっこを横目に、夜行様が私に、

「菜々緒。後で……俺の書斎に来い」

そう耳打ちした。夜行様の低い声が耳をくすぐって、少しドキッとした。

「……は、はい」

きっと血を求められるのだろう。いつもは就寝前なのだけど……

夜行様はお務めの後、特に、血に飢えてしまうようだった。


紅椿邸の洋館にある、夜行様の書斎にて。

私は西洋風の赤い長椅子《ながいす》に横向きに腰掛け、後ろから夜行様によって抱きしめられ、首筋の肌をそっと噛《か》まれて血を吸われる。

「……っ、夜行様……」

いつものように、直後は体に力が入らなくなる。

そのままクッションの重なったところに身を預け、ぐったりと横たわっていると、夜行様が美しい刺繍《ししゅう》の施された膝掛《ひざか》けを私にかけてくれた。

「菜々緒、大丈夫か？　今日は多く吸いすぎたかもしれない」

夜行様は、私を気遣《きづか》いながら前髪を撫でる。

「……大丈夫です。すぐに良くなります」

私はぐったりしつつも、心配そうに眉を寄せている夜行様の表情が面白くて、クスッと笑ってしまった。

「何を笑っている」

「だって、夜行様のそんな表情、珍しくって」

「……ったく」

ぐったりしているのにクスクス笑っている私に、夜行様は呆《あき》れつつも苦笑していた。

「少し、待っていろ」

そして夜行様は、書斎から出ていった。私はというと、貧血の症状の最中でも、心はとても穏《おだ》やかで満たされている。この幸せな気持ちが、怖いくらいだ。

チッチッチッチッ……

古い柱時計が、秒針を刻む音がする。

やがて、ボーン、ボーンと、午後の三時を知らせる音が響いた。

異国情緒溢《あふ》れる夜行様の書斎には、綺麗《きれい》な模様の大きな絨毯《じゅうたん》が敷かれていて、西洋からもたらされた家具が並んでいる。色とりどりのステンドグラスのランプは、いつ見ても美しいと思う。

今日はよく晴れているから、昼下がりの黄色い日差しが書斎の大きな窓から差し込んで、絨毯に陰影を作っている。斜めに差し込む光の柱をぼんやりと見ていると、チリチリ、チリチリと、光の粒のようなものがゆっくりと空気の中を泳いで見える。
なんだかとても暖かくて、この静寂が心地よい……

しばらくして夜行様が戻ってきた。

「菜々緒。待たせたな」

手には平たい箱のようなものを持っているようだ。その平たい箱の蓋《ふた》を開けて、

「これを食え」

「……？」

何かを口に差し出されている。私は促《うなが》されるままに口を開けた。

そこに小さな何かが押し込まれる。

何だろう……と思ってもぐもぐと咀嚼《そしゃく》して、私は、

「⁉」

突然、雷に打たれたような、激しい衝撃に襲われた。

「あ、甘い……っ！」

何これ。何これ。甘くてとても美味《おい》しい……っ！

さっきまで少しぼんやりしていたのに、一気に目が覚めるような美味しさだ。

「ハハッ。それがチョコレートだ。今朝、港町で買ってきた」

「チョコレート……これが噂《うわさ》の……」

「チョコレートは貧血にいい。お前にはいつも吸血後に辛《つら》い思いをさせているからな」

「い、いえ。……ちょっとクラクラして、ぼんやりするだけで」

だけど、確かにチョコレートを食べてから、少しずつ気分が良くなってきた気がする。

美味しいだけでなく貧血にも効くなんて。チョコレート、凄《すご》すぎる。

「ありがとうございます、夜行様」

「何。妻に出張土産《みやげ》を買って帰るのは、夫として当然のこと。これは俺も好きだしな」

そう言って、夜行様はチョコレートの箱から一粒摘《つま》んで、自分でも食べる。

そしてまた、私にも一粒、食べさせてくれた。

うーん、やっぱり生まれて初めての味わいで、心ときめく甘味だ。

色は似ているけれど、黒蜜《くろみつ》やお饅頭《まんじゅう》の餡子《あんこ》とも全然違う。美味しすぎてプルプル震えてしまう……幸せ……

「美味《うま》すぎて泣くなよ、菜々緒」

「な、泣きません」

夜行様が赤い瞳《ひとみ》でジッと私の方をみて、いよいよ泣くのではと警戒している。

確かに私は涙もろいので、目元にギュッと力を入れて涙を堪《こら》える。我慢、我慢。

「あの、夜行様。……港町までは汽車で行くと後鬼さんに聞きました」

「そうだ。あの乗り心地だけは今も慣れんな。しかし黒塗りの車両は見事だし、車窓から見えるこの国の田園風景は素晴らしい。俺はそれを楽しみにしている」

「…………」

「……菜々緒は、汽車を見たことあるのか？」

夜行様の問いかけに、私は小さく首を横に振った。

「いいえ。でも聞いたことはあります。父が所用で港町に行くことがあったので」

白蓮寺家の人間とはいえ、当然、用事で里の外に出向くことはある。

特に父は白蓮寺の里で生まれた人間ではなく、別の五家から婿《むこ》入りしてきた人だったから、たびたび遠出の仕事を任されることがあったのだった。

「その時に、港から見た海が、キラキラしていて綺麗だったって……」

そこまで言って、私はハッとする。

私が珍しく、自分の父の話をしたので、夜行様は少し複雑そうな表情をしていた。

「それは、妖印《よういん》を刻まれる前の……ことか？」

「……はい」

夜行様は、両親が傷モノの私を家から追い出し、人里離れたボロ小屋で生活させていたことを知っているのだろう。

「で、でも……父だけは時々、こっそり様子を見に来てくれて、私の大好きなお饅頭を持ってきてくれたり、必要なものを持ってきてくれたり……していたのです」

そのたびに、見すぼらしく痩《や》せていく私を見て、すまない、すまないと泣いていた。父にはきっと多くの葛藤《かっとう》があったのだと思う。

だけど、それ以上に私を守ろうとすることはなかった。できなかった。

そんなことをしたら他の家族に迷惑がかかるから、父はやはり「すまない」と言って、すぐに帰ってしまうのだった。

母は、私が傷モノになってからは一度も口をきいてくれなかったし、会いに来てもくれなかった。菜々緒はもう死んだのだ、と自分自身に思い込ませていたらしい。

猿面もあって私の顔を見なくて済んだから、余計にそう思い込んだのだろう。

「両親に……会いたいか？」

私は少し考えて、ふるふると首を振る。

「……いいえ。もうずっと一緒には暮らしていませんでしたし、私も、これ以上は両親に迷惑をかけたくありません」

傷モノになる前まで、本当に、本当に大切に育ててもらった。

今、役立っている朝餉の儀式だって、母が一から丁寧に教えてくれたもの。本家に嫁ぐ予定だった私に、多くの花嫁修業を施してくれたのも母だった。

だけど私が傷モノになって、若様との婚約が破棄されて……父や母の期待を裏切るどころか、家族揃《そろ》って一族から爪弾《つまはじ》きに合いそうになったと聞いている。

私以外の子どもたちを守るために、両親は必死だったと思うのだ。

だから、

「白蓮寺の菜々緒は、もう、死んだのです」

私は、それでいいと思っている。

二度と両親に会うことはないだろう。これ以上、あの人たちを苦しめてはいけない。

菜々緒は死んだのだ、と思い込んでいるのなら、そのままでいて、もう穏やかな日々を過ごしてほしい……

「でも、紅椿の菜々緒は生きている。そうでなければ俺が困る」

夜行様は淡々と言う。

その言葉が、首筋の傷に優しく染《し》みて、じわりと涙で視界が歪《ゆが》んだ。

「そうだな。そのうち港町にお前を連れていこう。……海を見てみたいのだろう？」

夜行様の問いかけに、私はハッとした。

そして、唇《くちびる》を小刻みに震わせ、小さな声で「はい」と答えた。

夜行様はいつも私の小さな声を聞き、私の密《ひそ》かな願い事まで気がついてくれる。

「そうそう。お前との、結婚式の日取りだが」

「⁉」

「もう少しで目処《めど》が立ちそうだ。五家の当主の結婚は、色々と段取りが必要で、やることも多くてな。遅くなってすまない」

「い、いえ……そんな」

結婚式……。式を挙げたら、私はやっと、本当に夜行様の妻になれる。

白蓮寺の菜々緒ではなく、紅椿の菜々緒になれるのだ。

そしたらきっと忘れられる。遠い記憶の彼方《かなた》に置き去りにすることができる。

白蓮寺の人々。私のことを諦《あきら》めた家族。

あの里で、人以下の存在として虐げられ続けた生き地獄を。

「あの、私は何もしなくていいのですか？　その、式のための準備とか」

「あー。お前は何も気にするな。強《し》いていうなら、心の準備は必要だが」

心の準備……？

「式の準備は、一応身内がやっているので安心しろ。菜々緒には毎日朝餉を準備させているし、薪割りもしているようだし……何より、痛い思いをさせているからな」

「痛い思い、だなんて……」

確かに、噛まれた瞬間はちょっと痛い。

血を吸われていると、体内を脈々と流れる赤い血を感じる。

ドクンドクンと自分の心臓の音が聞こえてきて、体が熱くなったかと思うと、今度はフッと寒気に襲われて、音が遠ざかって目の前がチカチカしてくる。

体の力が抜けていくと、決まって夜行様が、逞しい腕で抱きとめてくれる。

人肌の温《ぬく》もりに飢えていた私は、この瞬間いつも泣いてしまうのだ。夜行様は痛くて泣いているのだと思っているようだけれど、そうではない。

「菜々緒は幸せ者です。夜行様に血を吸っていただくと……生きている、実感を得るのです」

「……菜々緒……」

「幸せで、この日々が夢なんじゃないかって……思うほど……」

だから本当は、いつも、寝るのが怖い。

目覚めた時、私はまたあのボロ小屋にいるんじゃないかと思ってしまう。私は幸せな夢を見ていただけなんじゃないか、と。

猿面をつけさせられ、言葉を封じられ、穢《けが》れた存在として生き永らえる日々。

『あやかしに辱められた女に、生きている価値なんてないのよ？　私だったら、自分で命を絶つわね』

だから私は、あの日々の中で、ずっと、どうしたら穢れたこの身をなかったことにできるのか考えていた。

その方法は、たった一つだけだと……思っていた。

ふと目覚める。

どうやら私は、夜行様の書斎で少しの間、寝てしまったようだ。

「夜行様……？」

夜行様も、向かい側のソファに座って、腕を組んで寝ている。遠出のお務めから帰ってきたばかりだし、きっととても疲れているのだろう。

いつもは凛々《りり》しく、余裕ある表情の夜行様。

だけど寝ている時は、少しあどけないんだなあ……

私は足音を立てないように、夜行様の側に近寄ると、その頰《ほお》に手を伸ばした。

しかしハッとして、慌ててその手を引っ込める。

「………」

胸がバクバクと、よくない高鳴り方をしている。それを無理やり抑え込む。

夜行様に触れたい一方で、自分のような傷モノが触れていいのか、と……戸惑う気持ちが今もまだある。夜行様から触れられることには慣れてきたのに。

私は深呼吸した後、夜行様にかけてもらっていた刺繡の美しい膝掛けを、今度は眠って

いる夜行様にかけて、

「ゆっくりお休みください、夜行様」

そっと、書斎を出た。

きっと、傷モノの私を、誰より穢れていると思っているのは……

あの時、あやかしに攫われた私を一番許せていないのは、私自身なのだろう。

第七話　英雄と簪《かんざし》（一）

「まあ～、菜々緒《ななお》様！　今回のお着物もよくお似合いで！」

後鬼《ごき》さんは手を合わせ、新しい外出用の着物を纏《まと》う私を褒めてくれた。

「そ、そうでしょうか……」

「そうですとも、そうですとも」

姿見を前に、自分が華やかにお化粧を施され、着飾られているのをまじまじと見る。

今日は、白地に細やかな薄紅色の西洋花が描かれた更紗《さらさ》文様の着物で、色合いがとても春らしい。

「皇都では、西洋花の柄《がら》のお着物が流行《はや》っているのです。レースのリボンも最先端ですよ」

そう言って、半上げした私の髪を白いレースのリボンで飾ってくれる。

髪をリボンで飾るのはすでに皇都の定番となっているが、最近はこういったレースの品が婦女子の間で大流行中なのだとか。

確かにとても繊細で美しい……。

白蓮寺《びゃくれんじ》の一族は昔ながらの伝統を重んじるところがあったし、そもそも都会の流行に触れる機会も少なかったから、この手のものは遠い世界の話のように思っていた。

紅椿《べにつばき》家は、お屋敷《やしき》もそうだけれど積極的に西洋文化を取り入れているのだな、としみじみ思う。夜行《やこう》様も和装以上に洋装でいることが多いし。

「実は菜々緒様のお召し物は、夜行様が見立てているのですよ」

「え……？」

「菜々緒様は欲がありませんし、まだまだ遠慮なさるだろうから自分が選ぶ、と。これからは菜々緒様も、欲しいものを夜行様におねだりしてみては？　きっと喜んで贈ってくださいますよ〜っ！　洋服などいかがでしょう⁉」

「そ、そんな。おねだりだなんて。洋服なんてとても……っ」

私は青ざめながら、ふるふると首を振った。

今でも十分、多くのものを与えてもらっている。安心できる居場所、何不自由ない生活、必要とされる喜び……。

以前までの境遇を思えば、本当に夢のような生活だ。

もう十分満たされていて、私の方が幸せな気持ちを与えてもらってばかりで、他に何もできていない気がするのに。これ以上を望んだらバチが当たってしまう。

「でもでも。夜行様は、菜々緒様のおねだり喜ぶと思うんですけどねえ〜〜っ。殿方とはそういうものです！」

「…………」

なぜか強めに私に訴える後鬼さん。相変わらずついていけてない私。

引き続き、お出かけの準備をしている中で、私は脱いだ衣服の隣に置いていた簪《かんざし》が目に入り、それを手にとった。

これは十四の誕生日に若様に貰《もら》った、簪。

私は結局、これを紅椿家にまで持ってきてしまい、今もまだ毎日のように胸元に仕舞っている。この簪は、私にとってある種のお守りだった。

もう私には必要ないのかもしれない。だけど、それを置いていこうとすると、冷や汗が出てきて不安で仕方がなくなる。私はまだ、この簪がないと……

「…………」

私はそれを、やはり、襟の内側に潜めたのだった。


ちょうど、桜が満開の季節だ——

馬車に乗って、皇都の桜並木の大通りを通り抜ける。

ヒラヒラと舞う桜の花びらは、晴れた日の陽光に透けて、まるで淡い光の粒のよう。

今日は陰陽寮《おんみょうりょう》病院に追加のお薬を貰いに来たのだが、私が馬車の窓からずっと桜を見ているので、夜行様がポツリと呟《つぶや》く。

「少し外に出てみるか？」

「え？　いいのですか？」

「構わん。桜の季節は短いからな」

「は、はい……っ！」

私は少し上ずったような、興奮したような声で返事をしてしまった。それが面白かったのか、夜行様がフッと笑っている。私は赤面。

夜行様に手を取ってもらい馬車を降り、皇都の賑《にぎ》わった大通りを見渡した。

そこは、西洋風の建造物と、洒落《しゃれ》た街灯が並ぶレンガの道。

いつも馬車の中から見ていた景色の中に立ち、自分の足で歩く。

そうすると、皇都の華やかさや賑わい、文明開化の勢いのようなものが、草履を履いた足元から脈打つようにドクドクと伝わってくる。

道ゆく人々も様々だ。

ハイカラな女学生は袴《はかま》姿に西洋のブーツを履いて、髪を大きなリボンで飾っているし、書生の青年は学帽のつばを持ちながら早足で通り過ぎていく。スーツ姿に丸眼鏡をかけて新聞を読む男性もいれば、羽織《はおり》に着物の老夫婦もいるし、軍人や警察官、異国人もちらほら見かける。

視線がすると思ったら、人々が通りすがりに夜行様を見ている。特に年頃の女学生たちは、夜行様を見てキャッキャと色めき立ち、ひそひそ話をしているのだった。

「見て見て。紅椿夜行様よ！」

「今日もなんて美丈夫。凜々《りり》しくて素敵だわ〜」

「隣のご令嬢、どなたかしら」

「あら。ご婚約されたって噂《うわさ》、知らないの？」

「あーん、ショック。玉《たま》の輿《こし》夢みてたのに！」

「あたしたちじゃ五家の花嫁は務まらないわよ。相手はあの、皇都の英雄よ……」

皇都の英雄……

夜行様が〝皇國《こうこく》の鬼神〟と呼ばれ、恐れられていることは知っていたけれど、皇都では彼を英雄と呼ぶ人もいるのだ。夜行様はそれだけ多くの人を助けてきたのだろうな。

「どうした、菜々緒」

「あ、いや。雨も降ってないのに、皆さん傘をさしているから」

「ああ、あれは日傘だ」

「日傘？」

「特に女学生やご婦人方は、レースの日傘をさしているのをよく見るな。流行なのだろう」

「…………」

「菜々緒、お前も欲しいか？」

「え？　いや、そういうわけでは……っ」

私は慌てて手と首を振る。

ただ、皇都の街中にいる女の子は、みんなとても可愛《かわい》らしく着飾って楽しげにしている。

屈託のない笑顔が素敵だなって……そう思ったのだった。

「お前は紅椿家の花嫁だ。質のいい日傘くらい持っていてもいいだろう」

「で、でも」

「遠慮するな。いざとなったら武器になる。鉈《なた》を扱うのが得意な菜々緒にはもってこいだろう」

「え……」

というわけで、夜行様は私を商店街の一角にある、洋館の雑貨店に連れていった。

夜行様が店のドアを開けると、カランカランと西洋のベルが鳴る。

店内を見渡すと、高い位置にあるステンドグラスの窓から陽が差し込んでいて、その色とりどりの光が、西洋諸国から取り寄せた品々や、床や壁を照らしている。それを見ていると、何だか不思議な心地になってくる……

夜行様がレースの日傘を見たいと言うと、店主さんがいくつか見繕ってくれて、目の前で広げて見せてくれたのだが……

「菜々緒、どれがいい」

「ど、どれも素敵で……っ」

一つを決めるなんて難しい。

しかし順番に見ていると、とても心惹《ひ》かれるものが一つあった。

「ああ、それはバテンレースのものだね。いやはやお目が高い。一点ものだよ」

店主さんがそれに気がついて、私に持たせてくれた。

自分で持つと、内側からレースの繊細な刺繡《ししゅう》や編み目がよく見える。窓から差し込む光が透けて、なんて美しいのだろうと見惚《みと》れてしまった。

「…………」

夜行様が、その日傘を持つ私をじっと見て「ではこれで」と、すぐに買い上げた。

チラッと見えた値札……凄《すご》い金額だった。

「夜行様。本当によろしいのですか。こんな高級なもの……っ」

「いい。お前によく似合っている」

夜行様はニッと笑う。何だか夜行様の方が上機嫌で、今朝後鬼さんが言っていた「殿方とはそういうもの」という言葉を思い出した。

殿方からの贈り物なんて、あの簪以来だ。……あ、泣いてしまいそう。

「ありがとうございます、夜行様。一生大事に使います……っ！」

「レースの日傘は、さすがに一生は保《も》たないんじゃ……あ、おいおい。泣くなよ？　今から病院なんだから」

「……はいっ」

夜行様がそう言ったので私も目にグッと力を込めて、涙を引っ込めた。

日傘を大事に大事に、胸に抱えて。


その雑貨店を出て、すぐのことだった。

「い……っ」

額の傷がズキンと痛んだと思ったら、

「きゃあああああ!」

後方から大きな悲鳴が聞こえて、私も夜行様もハッとして振り返る。

悲鳴の聞こえた方から、大勢の人が走って逃げてくる。さっきまで華やかで平和に見えた皇都の中心部が、その空気をガラッと変えて混乱していた。

「夜行様、これは……っ!」

妖気が嫌というほど伝わってきて、私の額の妖印《ようしん》がズキンと疼《うず》く。

「……チッ。妖獣《ようじゅう》が昼間に現れるとはな」

夜行様の目の色も変わる。

どこから侵入してきたのか、犬狼《けんろう》のような姿をした〝妖獣〟と呼ばれる類いのあやかしが、皇都の大通りを勢いよく走り抜けていた。

その妖獣は、私や夜行様の強い霊力に気がついたのか、他の人間には目もくれず真っ先に襲いかかってくる。

私は恐怖に身を竦《すく》めたが、夜行様はそんな私を背に押しやって刀の柄に手を置いた。

懐《ふところ》に妖獣が飛び込んだタイミングで抜刀し、敵を一刀両断する。

……凄い。あんなに大きなあやかしを、一太刀で。

夜行様は返り血を浴びていたが、手についた血を舐《な》めて、苦々しく呟いた。

「ふん。あやかしの血は、やはり不味《まず》いな」

「夜行様、他にも同じあやかしが……っ」

「やはり一匹ではないか。こいつらは群れで生きる妖獣だ」

どうやら同種の妖獣が他にもいるらしく、その遠吠《とおぼ》えと、人々の悲鳴が、街中のあちこちから聞こえる。

夜行様は私の腕を摑《つか》んで、そのまま引っ張って路地裏に連れていく。

「菜々緒はここで隠れていろ。絶対に出てくるな。いいな」

「あの……っ、夜行様、血が必要なら、私のものを！」

「…………」

椿鬼《つばきおに》は血を飲むことで力を発揮できるという。

私の申し出に対し、夜行様は、

「すまない」

少々乱暴に私を建物の壁に押し付け、襟をめくって首筋を噛《か》んだ。

「……っ」

夜行様も急いでいたのだろう。いつも以上に強く噛まれ、鋭い痛みが首筋に走る。

切羽詰まった状況下での吸血は、決して優しいものではないが、その痛みの中でも私は、強く夜行様に求められる感覚を得て、戦う夜行様の力になりたいと願っていた。

夜行様は「ここで待っていろ」と私に念を押し、百鬼の式の一体である狛犬《こまいぬ》を呼び出し、私のことを見ているように命じる。そして刀を手に走って表通りに向かう。

私は壁に体をもたれたまま呼吸を整え、霞《かす》む視界の中、夜行様の姿を目で追った。

大通りで妖獣に襲われそうになっていた幼い男児を、夜行様が身を挺《てい》して救い出す。その赤い眼光で敵を見据え、ニヤリと鬼のような笑みを浮かべたかと思うと、向かってくる妖獣を次々に斬《き》り倒す。

人間のものとは思えない身体能力、神業とも言える太刀筋。

その姿は、まさに、鬼神そのものだ。

「夜行……様……」

私は夜行様のお務めの現場を、初めて見た。あの方は日々こうやって皇都の人間を救い、悪鬼や悪妖《あくよう》を相手に戦っている。

そこに迷いなどなく、守るべき者たちを命がけで守っている。

ああ。あれが皇都の英雄——紅椿夜行様なのだ。


「すまない菜々緒。さっきは少し乱暴だったな。……痛かっただろう」

妖獣の討伐をし終え、夜行様が路地裏に戻ってきて私に謝った。先ほどの吸血が少しばかり手荒だったからか、申し訳なさそうに眉を寄せている。

確かに私は少々貧血気味ではあったけれど、「いえ」と大きく首を振る。吸血行為にも慣れてきたからか、すでに自分で立って歩けるくらいには回復していた。

そして、持っていた手ぬぐいで、夜行様の頬についた妖獣の返り血を拭《ぬぐ》う。

「夜行様が、男の子を救い出すのを見ていました。私の血が、少しでもお力になれたのなら嬉《うれ》しいです」

「……そうか。やはり菜々緒は頼もしいな。菜々緒の血のおかげで多くの命を救えた。流石《さすが》は俺の妻だ」

何だか褒められた気がして嬉しくなる。嬉しいとまた泣きそうになる。

夜行様にふさわしい妻になれるよう、まずは涙腺が弱すぎるのをどうにかしないと……

グッと目元に力を入れた、その時だった。

「紅椿夜行！　これはどういうことだね！」

向こうからズカズカと歩いてくる、皇國陸軍の軍服を纏った軍人がいた。

「……げ。綾小路《あやのこうじ》」

「昼間からあやかし騒動だと？　最近多すぎる！　陰陽寮の五行結界はどうなっているのだ！　だいたい貴様、今日は非番だと聞いていたがなんでこんな所に……」

綾小路と呼ばれた軍人は、夜行様の後ろに隠れていた私がひょこっと顔を出しているのに気がつき、ハッとした。

「そ、そちらのご令嬢は……」

「俺の妻だが」

「妻⁉　貴様、結婚したという噂は本当だったのか……っ」

「まだ結納《ゆいのう》を済ませただけで、式は挙げてないがな」

夜行様はぶっきらぼうな物言いだ。

この軍人の殿方は、怒鳴ってはいるものの品のある顔立ちと口調で、上流階級の人だと思うのだけれど、夜行様とはあまり仲良くないのだろうか。

私はそんな、殿方同士のやりとりをハラハラしながら見守っていた。

「んじゃ、後片付けはお前に任せる。綾小路」

「は？」

「我が妻は、見た目のとおりか弱く臆病でね。あやかしに襲われたばかりだし、今から病院に連れていってやらないといけない。お前のようなガミガミうるさい男がいると、震えてしまうのだ」

「き、貴様……っ！」

軍人を軽くあしらい、夜行様は私の肩を抱いてスタスタとこの場を去った。

後片付けを、皇國陸軍の綾小路様に任せて……。

「あの、よろしいのですか？　綾小路家といえば、爵位を持つ華族では？」

「あ？　いいんだよ、あんな家柄だけのボンクラ。いつも俺に手柄を横取りされるからって何かといちゃもん付けてくる鬱陶《うっとう》しい奴《やつ》だ。つーか紅椿家だって爵位持ちだ」

夜行様がぶっきらぼうに言う。

そうだった。紅椿家は五家の中でも皇都への貢献度が高いこともあり、皇帝より爵位を賜った子爵家。名門中の名門だ。

「た、大変ですね……殿方の世界も……」

「それよりお前、傷口が赤く腫れている」

夜行様が、隣で襟をぺろっとめくってきたので少しどきっとした。

「やはり、乱暴に噛みすぎたな。すまない、後で翠天宮《すいてんぐう》先生に診てもらおう」

「は、はい……」


陰陽寮病院で首の傷を診てもらい、腫れの引くお薬を塗ってもらった。

そして一連の騒動の話を聞いた翠天宮英世《ひでよ》先生は、大きな声で笑っていた。

「アッハッハ。陰陽寮と陸軍のイザコザは、菜々緒さんには不思議だっただろうね。双方ともこの国を守る組織だけど、とにかく仲が悪い」

「は、はあ……」

皇都で騒動が起きると双方が出てくるため、たびたび鉢合わせて衝突するんだとか……

私はまだまだ皇都の事情や噂話には疎いので、少し驚いた。

「ところで夜行、ちょっといいかい？」

翠天宮先生が少し神妙な面持ちでいるので、夜行様は、先生が何の話をしようとしているのか察したようだった。私には何のことだかわからないけれど……

「菜々緒。お前は席を外せ」

「え？」

「この病院内は厳重な結界に守られていて、安全だ。中庭に大きな木蓮《もくれん》の木がある。ちょうど花が咲いていて見頃らしい。お前も見てくるといい」

「……は、はい」

私はコクンと頷《うなず》く。

「すまないね、菜々緒さん。夜行を少し借りるよ」

私は「いえ」と首を振り、「失礼します」と言って一人静かに診察室を出た。

きっと、何かとても大切な、お仕事に関係する内々の話をされるのだろう。


外出先で夜行様と離れて行動することはほとんどなかった。

なので、一人きりでいるのは少し緊張して、ドキドキしてしまう。

だけど確かに、陰陽寮病院は厳重な結界に守られている気配が感じられて、安心だ。

病院の廊下の、通りすがりの患者や見舞客もにこやかで、私が中庭への行き方に迷って
キョロキョロとしていると、白い看護服に身を包んだ女性が優しく教えてくれた。

「わあ、本当に大きな木蓮……」

中庭には、夜行様の言っていたとおり、立派な白木蓮の木があった。

ちょうど満開の見頃だ。私は中庭のベンチに座って、日傘を横に立てかけて、午後の陽だまりの中、ぼんやりと木蓮の花を眺めた。

ああ。青空に映える、白い花の木蓮の木。

それは桜や椿とは違う、清廉とした佇《たたず》まいがある。

「……清廉、か」

この花の香りは、嫌でもあの里を思い出させる。

白蓮寺の里にも、これよりももっと大きな木蓮の木があった。

白い花の木蓮は、清廉潔白を重んじる白蓮寺家を象徴する花で、春になるとこの白い花が里中に咲き乱れている。

私と若様も、この季節になると木蓮の木の下で一緒にいることが多かった。

あの頃の私は、当然のように若様に嫁《とつ》ぐと思っていたし、幸せな未来を疑いもしていなかった。後に猩猩《しょうじょう》に攫《さら》われ、傷モノになるなんて夢にも思っていなかったし、白蓮寺の里を出ていくなんて、想像することすらなかった。

だけど夜行様に出会って、皇都で暮らすようになって、少しずつだけれど私も視野が広がってきた気がする。

ここでは誰も、私のことを〝傷モノ〟だなんて呼ばない。

誰もが自分の人生に一生懸命で、時代の波に乗り遅れるなと言わんばかりに、日々を楽しそうに謳歌《おうか》している。

夜行様とともに皇都で暮らしていれば、いつか私に、自分を許せる日が来るのだろうか。

あの日、あの時、あ、あの簪のために掟《おきて》を破って、猩猩に攫われてしまった自分を……

胸元にギュッと手を当てて物思いに耽《ふけ》っていると、少し強い、春の風が吹いた。

私は慌てて横髪を押さえる。風に吹かれてひらひらと、白い木蓮の花びらが舞い落ちる。

「あら？　都会の病院なのに、な～んか〝猿臭い〟と思ったら……」

舞い落ちる木蓮の花びらの向こうで、よく知る人の、姿を見た。

「久しぶりねえ、菜々緒」

その声を、忘れることなどできない。

突然の、予期せぬ人物との再会に、私は瞬《まばた》きすらできないほど驚いていた。

暁美《あけみ》……姉さん……？

第八話

英雄と簪《かんざし》（二）

「暁美《あけみ》……姉さん……？」

どうして、ここに暁美姉さんが……

暁美姉さんは白蓮寺《びゃくれんじ》家の若奥様にして、私の一つ年上の従姉《いとこ》だ。

白蓮寺の若奥様がこの皇都にいるはずがない。しかし確かに、目の前にいるのは暁美姉さんに違いない。

暁美姉さんは、動揺している私を上から見下ろし、嫌味っぽく鼻を押さえる。

「しっかし、驚いたわ。傷モノのあんたが猿面もつけずに堂々とこんなところにいるなんてね。穢《けが》らわしいったらありゃしない。猿臭くって鼻がもげそう」

「…………」

「あんた、自分が傷モノだって自覚あるの？　ここ病院よ？　人様の迷惑をもう少し考えたらどう？」

「ち、違うの暁美姉さん。私はここで、体の傷や……その、妖印《よういん》の治療をしていて」

「はあ？　妖印の治療？　そんなことできるわけ……」

暁美姉さんはそう言いながら、今になってまじまじと私の格好を見て、徐々に表情を歪《ゆが》めていく。

「何よあんた。生意気に化粧なんかして……それにその着物、流行の西洋花の柄《がら》じゃ……レースの傘まで持ってるなんて……っ」

私は心臓の鼓動がバクバクと高鳴るのを感じながら、何とか落ち着きを保《たも》っていた。

猿臭いと言われたけれど、私は妖印から流れる妖気の匂《にお》いを抑える薬を飲んでいるし、傷も化粧で隠している。暁美姉さん以外に指摘されたことなどない。

大丈夫、これは暁美姉さんの、いつもの意地悪だ。

そんな時、私が横に立てかけていたレースの日傘を、暁美姉さんがひょいと持ち上げた。

「あ……っ」

日傘を広げて内側からレースの模様を見て、暁美姉さんは「まあ素敵」と言う。

「暁美姉さん！　返して」

「何よ、ちょっと見ただけじゃない。それとも何？　私が横取りするとでも思ったの？」

「…………」

「ま、どーしてもって言うなら、貰《もら》ってあげてもいいけど〜」

「だ、ダメ！」

私は立ち上がって、ぐっと拳《こぶし》を握りしめて、暁美姉さんにはっきりと拒否した。

「返して、姉さん。それは夜行《やこう》様に贈っていただいた、大切なものなの」

私が暁美姉さんにたてついたのは、傷モノになって以来、初めてのことだった。

暁美姉さんは気に入らなそうに「ふーん」と言って、私を煽《あお》るように見ながら、意味ありげに目を細める。

「序列一位の紅椿《べにつばき》家に嫁《とつ》いだからって、もう私より格上のつもり？」

「え？　わ、私はそんな……格上なんて少しも……」

「紅椿家のご当主って、鬼神とか呼ばれて恐れられているけれど、こんな高価なものを妻に贈るような方なのねえ。……私は若様に、何も贈ってもらったことないのに」

「あ……っ」

暁美姉さんが私に日傘を押し付ける。その勢いで、私はベンチにストンと座った。ついでに暁美姉さんも私の隣にドカッと座って、横髪をいじりながら、あれこれ文句をつける。

「あんたが白蓮寺を出ていったせいで、私はとんだ災難だったのよ。朝餉《あさげ》の味が違うって、若様には文句言われるし。姑《しゅうとめ》のクソババアは口《くち》うるさいし～っ！　最初の子が女だったから、早く男の跡取りを産めって毎日毎日なじられるのよ～、もう最悪」

「………………」

「紅椿家はどう？　口うるさい姑はいる？」

「い、いいえ。皇都の紅椿邸には、夜行様以外に本家の方はいなくて……」

使用人やあやかしの式はたくさんいるけれど、暁美姉さんはあやかし嫌いなので、そこのところは伏せておいた。

「ふーん。ま、紅椿家って、五家の序列一位で爵位持ちって言ったって、白蓮寺より規模も小さいし歴史は浅いしね。傷モノの花嫁を迎えなくちゃいけないくらい、嫁探しに難儀していたらしいじゃない？　妥協してあんたってわけよね。笑える～」

「……あ……暁美姉さんは、何が言いたいの？」

「はあ？　何が言いたいって、そりゃ……」

暁美姉さんはクスッと笑った。その表情に、どうしてか身が竦《すく》む。

「あんた、もっと自分が穢れてるって自覚を持ちなさいよ。あんたが嫁ぐことで、紅椿家はその品格を著《いちじる》しく貶《おとし》めることになったのよ？」

「……え……」

「あの皇國《こうこく》の鬼神も、いつかはあんたを娶《めと》ったことを後悔するでしょうよ」

私は目を大きく見開いたまま、言葉を失っていた。

そしてゆっくりと、項垂《うなだ》れる。

暁美姉さんの言葉は、何だかいつも、そのとおりのような気がしてくるのだった。

ハラハラと舞い散る美しいはずの白木蓮《はくもくれん》の花びらが、思い出したくもない過去の痛みや、辛《つら》い感情を、思い出させる。

「暁美！　こんなところにいたのか！」

その声に、私はハッと顔を上げた。

白木蓮の木の向こうから、羽織袴《はおりはかま》姿の声の主がこちらにやってくる。

白蓮寺の……若様……

その姿を見て、私はますます体が強張《こわば》るのを感じていた。暁美姉さんと再会した時より
ずっと、震えてしまいそうだった。

「琴美《ことみ》を病室に放っておいて、お前はいったい何をやって……」

若様もまた、暁美姉さんの隣に座っている私に気がついて、ハッとした顔をした。

「まさか、菜々緒《ななお》か？」

私が白蓮寺の里にいた頃と全く違う姿でいるからか、最初、若様はとても驚いているよ
うだった。

「あ……」

私は慌てて立ち上がり、

「ご、ご無沙汰《ぶさた》しております。白蓮寺の……若様」

深く頭を下げる。私は何とか震えを抑え、平静を装っていた。

「いや、見違えた。すっかり都会の娘だな」

「……いえ……そんな」

私は若様の目を見ることができず、俯《うつむ》きがちになりながら、小さな声で受け答えた。

そもそも、どうして若様と暁美姉さんが皇都の病院にいるのだろう。

白蓮寺家の人間が、里の外に出ることはあまりないのに……

「あの、若様と暁美姉さんは、何かご用事で皇都に？」

私は少しだけ勇気を振り絞って、控《ひか》えめな声で問いかけた。

暁美姉さんがなぜか私を睨《にら》んでいたけれど、若様は「ああ」と頷《うなず》いて答えた。

「娘の琴美が、この陰陽寮《おんみょうりょう》病院にかかることになったのでな。我々もしばらく皇都の白蓮寺邸に滞在することになっている」

え……

琴美様とは、あの時、妖蟲《ようちゅう》に襲われていた赤ん坊だ。

「ふん。妖蟲の傷が体に残りそうなのよ。幸い妖印ではないらしいけれど、娘なのにそれじゃあ嫁の貰《もら》い手《て》がなくなるって、お義父様《とうさま》とお義母様《かあさま》がおっしゃるから……」

暁美姉さんは腕を組み、私を煽り見るようにして「妖印」の語気を強めながら、嫌味を言った。

「あの時、菜々緒があの子を庇《かば》い損《そこ》ねたせいよ！　ほんと昔から、愚図《ぐず》で無能なんだから」

「暁美！」

その時、若様が大きな声を上げる。

「いい加減にしろ。お前はどれだけ、白蓮寺の嫁のつとめを蔑《ないがし》ろにすれば気が済むんだ」

「え？」

暁美姉さんは若様に怒鳴《どな》られ、予想外だったような、バツの悪そうな顔をしていた。

私も、若様が暁美姉さんに声を荒らげているところなんて初めて見たから、驚いた。

ぽかんとした顔で二人を見ていると……

「すまない、菜々緒。お前には娘の命を救ってもらったというのに」

「……え？　あ」

若様は、私にはにこやかに微笑《ほほえ》みかけ、お礼を言う。

「本家の朝餉も、お前がずっと拵《こしら》えてくれていたらしいな。お前の朝餉は本当に美味《うま》かった。きっと、心を込めて作ってくれていたのだろうね」

「あ、その、ありがとう……ございます」

儀式を通して霊力をしっかり込めていたつもりだが、心を込めて作っていたかどうかと聞かれると、それはよくわからない。

本家の朝餉は、私が、日々の食料を得るためのものだった。

美味《おい》しく作らなければお叱《しか》りを受けるかもと思って、必死だったから……

「ところで菜々緒。生活の環境が変わって、苦労はないか？」

「え……」

少し戸惑った。なぜ若様が、そんな質問をするのだろう。

そもそも、さっきからずっと変だ。

どうして若様は、こんなに優しげに、親しげに私に話しかけてくるのだろう。白蓮寺家ではあんなに私を毛嫌いしていたのに。

もしかして私が、紅椿家の当主に嫁いだから……？

白蓮寺家と紅椿家の今後を考え、関係の改善を図ろうとしているのだろうか？

「その。苦労などは一つもありません。紅椿邸の皆さんは親切ですし、夜行様にはとても……とても、よくしていただいております」

そう言いながら、自分の頰《ほお》が少し火照《ほて》っていくのを感じた。

「…………」

「若様？」

この時の若様は、なぜか感情を一切感じさせないような、冷ややかな目をしていた。

そして若様は暁美姉さんにこう命じる。

「暁美。お前は先に、娘のところへ戻っていろ」

「へ……？　な、なぜ？　私だけ⁇」

「私は菜々緒に、少し聞かねばならないことがある」

「は？」

「早く戻れ。お前が急にいなくなったものだから、母上がご立腹だぞ」

若様に強く睨まれて「は、はい～」と返事しながら退散する暁美姉さん。

私は、若様が暁美姉さんに席を外させる理由がわからず、オロオロと戸惑った。

「あ、あの。私に何か……」

若様は私に向き直り、一歩近寄る。

何だか若様の纏《まと》う空気が、変わった気がしていた。

「菜々緒。私は先日、妙な話をご隠居様に聞いたのだ。紅椿家の花嫁は……毎晩、椿鬼《つばきおに》に〝吸血〟される定めにある……と」

「⁉」

「まさかお前も、あの男に吸血されているのか？」

私は明らかに動揺し、狼狽《うろた》えてしまった。

まさか若様が、椿鬼のことを知っているとは思わなかったからだ。

若様はそれを見て、いきなり私の着物の襟を摑《つか》んで押し広げ、首筋を確認する。

「わ、若様……っ⁉」

「やはり首筋にいくつも傷跡がある。なんと痛々しい。なんと凶悪な……っ」

「若様、おやめください、若様……っ」

そんな時、押し広げられた着物の胸元から何かが零《こぼ》れて、地面に落ちた。

それは一本の簪《かんざし》だ。

「その、簪は……」

若様がジワリと目を見開き、その簪に気を取られている。その間にグッと若様を押しのけ、私は自分を守るように胸元をギュッと閉じた。

今のは何？

若様の行動が、言動が、意味不明で怖い。

乱暴な行動にすっかり怯《おび》えて、体が冷えてきて、いよいよ震えが止まらなくなる。

呼吸が徐々に乱れてきて、じわじわと目に熱い涙が溜《た》まっていく。

怖い。痛い。辛い。苦しい……ぐるぐると思い出される感覚は、白蓮寺の里で日々刻まれ続けたもの。

私はまだ、こんなものに心と身体《からだ》を支配されている——

「何をしている」

そんな時だった。

「菜々緒に、何をしている」

背後から夜行様の声がして私は振り返った。夜行様は、厳しい表情でこちらを見据えていた。

「夜行様……っ！」

私は目元に溜まっていた涙をポロッと零しながら、夜行様に駆け寄った。

夜行様は私を抱きとめ、私の胸元が乱れているのに気がつく。その瞬間、僅《わず》かに夜行様の霊力の揺れを感じた気がした。

夜行様は、若様を睨んで、

「何のつもりだ、白蓮寺麗人《れいと》」

低い声で問い詰めた。

淡々としていたが、だからこそ激しい怒りと憤りがひしひしと伝わってくる。

「お久しぶりです、紅椿夜行殿」

しかし若様は飄々《ひょうひょう》としていて、何ということもなさそうに、普段どおりに微笑んだ。

「菜々緒とは偶然ここで会ったので、少し話をしていただけです。そう警戒なさらずとも」

「当然警戒する。あの古びた山里で、自分が菜々緒に何をしたのか忘れたのか？　今だって、菜々緒を泣かせて――」

「それを、あなたが言えるお立場ですか？」

若様は、夜行様の言葉を遮《さえぎ》った。

「……何？」

夜行様がピクリと眉《まゆ》を動かすと、若様はフッと余裕めいた笑みを浮かべ、地面に落ちた私の簪を拾い上げた。それを自分の口元で掲げて、夜行様に見せつける。

「この簪は、かつて私が、許嫁《いいなずけ》であった菜々緒に贈ったものでしてね。確かそう。菜々緒の十四の誕生日の時だ」

「…………」

「これを今も大事に持っていたということは、菜々緒はまだ私を想《おも》ってくれているのだな」

「え……？」

「紅椿夜行に嫁いだ、今も」

若様が発したその言葉に、私は呆然《ぼうぜん》とした。若様が何を言っているのか理解できず、すぐに言葉が出ない。

私が今も若様を想っている……？

そんな理由で簪を持っていたつもりはない。毛頭ない。

だけど若様は何を勘違いしたのか、夜行様に向かってその簪を見せつけ、勝ち誇ったような余裕ある笑みを浮かべていた。

私はやっと状況を飲み込み、慌てて「ちが……っ！」と否定しようとしたが、

「もう何も言うな、菜々緒。わかっているから」

若様が私の言葉を遮った。

若様に言葉を遮られると、猿面をつけさせられ言葉を封じられていた時のように、何も

言えなくなる。今もまだ、私の身体はそういう風に、なっている。

「夜行殿。私もしばらく皇都に滞在しますので、近いうちにご挨拶《あいさつ》に伺います」

「……お前」

「菜々緒は白蓮寺の娘。その首の傷は、放ってはおけませんから」

そう言って若様は簪をベンチに置き、一度私の方を見てから、この場を去った。

私はすっかり、青ざめてしまっていた。

どうして。どうして若様は、あんなことを……

夜行様は私からスッと離れ、ベンチに置かれた簪を手に取った。

「……この簪……」

そして、私の前に持ってきて簪を私に差し出す。

「お前がずっと、これを大事そうに胸元に潜めていることは知っていた。だが……まさか、あの男から貰ったものだったとは」

「あ……」

「あえて聞こう。お前がこれを持っていた理由は何だ？」

夜行様の、低く落ち着いた声音《こわね》に、私は慌てて、

「あの、夜行様違うんです、これは……っ」

首を何度も振って、しどろもどろになりながらも、夜行様に説明しようとしていた。

夜行様に嫁いだ後も、この簪を持ち続けた、その理由。

「これは……っ」

だけど、そこから先の言葉が、死んでしまう。

この簪を持ち続けた理由を、私はちゃんと知っている。

しかしそれを夜行様に告げようと思ったら、何だか心が、深くて暗い場所に引きずり込まれそうになる。この簪は、私が白蓮寺の里で味わった、あの地獄のような苦しみから逃れるためのお守りだったから――

私が言葉に詰まって何も言えなくなってしまったからか、夜行様は音のないため息をついて、私にその簪を握らせた。そして、

「屋敷《やしき》に戻るぞ」

夜行様は、私にフイと背を向けた。

その声音は、私がビクリと肩を上げてしまうくらい、冷淡なものだった。

屋敷に戻るまで、夜行様は馬車の中でずっと無言だった。

私も俯いたまま、重苦しい沈黙の時間に耐えていた。

屋敷についてすぐ、夜行様は使用人と、何かを忙《せわ》しなく確認し合う。どうやら皇國陰陽

寮から、緊急の呼び出しがあったみたいだ。

夜行様は再び外出の支度《したく》をする。私は居間で上着を羽織《はお》る夜行様に尋《たず》ねた。

「あの、夜行様。今夜は……その、私の血は……」

この時間からお務めに出るということは、皇都に現れたあやかしを斬《き》るということ。

椿鬼の夜行様には血が必要なんじゃないだろうか、と思ったのだ。だが、

「いらない」

「…………」

「今夜は必要ない」

夜行様の声音は、やはり冷え冷えとしていた。

横目で私を見るその赤い眼差《まなざ》しが、鋭く、疑念に満ちているように感じられる。

「……わかり……ました」

私は頭を深く下げて「いってらっしゃいませ」と言う。

夜行様は何か言いかけたが、結局はそのまま私の前を通り、紅椿家の百鬼を引き連れて、足早に屋敷を出た。

夜行様に初めて会った時に抱いた、恐怖のようなものが思い出される。

だけど、きっとこれは、私のせいだ。

私が、今もずっとあの簪を大事に持っていたから。

普通に考えたら、別の殿方に嫁いでおきながら、元許嫁に貰ったものを肌身離さず持っているなんて、あり得ない。

私が今もまだ若様を想っているのだと、夜行様に、誤解させてしまったのだ。

第九話　心の傷

その翌日。

あまり眠れずにいた中で、私は早朝から起き出して、いつものとおり沐浴《もくよく》をして朝餉《あさげ》の準備をした。後鬼《ごき》さんが、そんな私に気がついて慌ててやってきて……

「申し訳ございません、菜々緒《ななお》様！　夜行《やこう》様は昨日のお務めから、まだ戻ってきておられません。色々と殿方同士のお付き合いもあるようで。本日は朝餉の必要はないかと」

「え……」

私は小さく胸が軋《きし》むのを感じた。

夜行様は、私に会いたくないのではないか、と。

不安が積み重なっているせいか、そういう勘繰りをしてしまう。

「……そう……ですか。すみません、勝手に作ってしまって」

「いえいえ！　菜々緒様の朝餉はあやかしにとっても貴重ですので、わたくしが残さずペロッと頂きます。頂いていいですよね？　ね？」

「え、あ、どうぞ」

きっと、後鬼さんは私に気遣《きづか》ってそう言ってくれたのだろう。私が昨日からずっと元気がないことを、後鬼さんは気づいているみたいだから。

やはり夜行様は、怒っているのだろうか。昨日のこと。

あの、簪《かんざし》のこと……

外廊下を歩いてトボトボと自室に戻っていると、庭掃除をしていた紅椿《べにつばき》家の女中が二人、コソコソと噂話《うわさばなし》のようなことをしているのが聞こえてきた。

「ねえ、知ってる？　夜行様と菜々緒様の結婚式のこと……」

私は曲がり角手前の壁に背をつけ、その噂話を盗み聞きしてしまった。

「日取りが決まっていたのに、急遽《きゅうきょ》取りやめになったんですって」

「え、そうなの？　どうして？」

「夜行様がお決めになったらしいわよ」

……え？

私は耳を疑った。震えながら、口元を手で押さえる。

それは、もしかして、夜行様と私の結婚がなくなったということ……？

「それにほら、白蓮寺《びゃくれんじ》の花嫁には色々と黒い噂もあるでしょう？　霊力の高い娘が生まれやすい白蓮寺家は、花嫁を高額な結納金《ゆいのうきん》で五家に送り込んで、裏で五家を操ろうとしているとか……」

「でも、菜々緒様は白蓮寺家で虐げられていたと聞いたわ。菜々緒様に限ってそんな」

「わからないわよ。菜々緒様は白蓮寺家の若君に嫁《とつ》ぐはずだったと聞いたし、今もまだ元婚約者を想《おも》って、尽くしていてもおかしくはないわ」

「ちょ、ちょっと。滅多《めった》なことを言わない方がいいわよ……っ」

女中たちはここで噂話を切り上げ、それぞれの仕事に従事した。

「…………」

白蓮寺家の花嫁に、そのような黒い噂があったなんて知らなかった。確かに白蓮寺家の本家ならやりかねない気もする。

しかし私の場合は、ただただ厄介払いとして夜行様に嫁ぐことを許されたのだと思う。だけど、若様から贈られた簪のことを説明できなかったから、私はきっと、夜行様に不信感を抱かれたのだろう。夜行様の声や、私を見る目が、失望や疑念に満ちている気がしていたけれど、元々そのような噂があったのなら、当然かもしれない。

……そっか。

私と夜行様の結婚は、なくなってしまったのか。

それからというもの、私は後鬼さんが用意してくれた昼食や、お茶やお菓子にも一切手をつけられず、気分が悪いからと言ってただ自室に籠《こも》っていた。

窓辺に座り、あの簪を持ったまま、手をダランと垂らして夕焼け空を見つめている。

夜行様が私との結婚を取りやめたということは、私はもう、この紅椿邸にはいられないということ。そうなったら私はきっと白蓮寺家に返される。

あのボロ小屋で、また猿面をつけさせられて……人以下の存在として惨《みじ》めな生活を強《し》いられることになるのだろう。

いや、あの頃よりもっと酷《ひど》い扱いを受けるかもしれない。その可能性は高いと思う。

「……やっぱり、夢だったんだ」

夕焼け空に向かって、ぽつりと呟《つぶや》いた。

傷モノの私が、普通の娘のように幸せになれるはずはなかったのに、このひと月があまりに満たされていて、夢のような日々だったから、何もかも勘違いしていた。

夢はいつか、醒《さ》める。

「菜々緒。入るぞ」

夜行様が私の部屋の襖《ふすま》を開けた。夜行様が紅椿邸にお戻りになっていたのは、窓辺からずっと外を見ていたから、わかっていた。

「どうした菜々緒。後鬼に聞いたが、今日は飯を一口も食ってないらしいじゃないか」

「…………」

「少しは食え。身体《からだ》にさわるぞ」

私はゆっくりと夜行様に視線を向けた。

「私の身体に何かあったところで……夜行様に、困ることがあるのですか？」

夜行様は怪訝《けげん》そうな表情をする。

「何を言っている、菜々緒」

「…………」

しばらく沈黙が続いた。

夜行様が私の持つ簪に気がついて、単刀直入に問いかけた。

「菜々緒。お前はやはり……許嫁《いいなずけ》だった白蓮寺麗人《れいと》を、今も想っているのか？」

「え……？」

「あの男の元に帰りたいのか？」

その言葉の意味が、私には、全く理解できなかった。

「今朝、陰陽《おんみょう》寮《りょう》の本部で白蓮寺麗人に会った。あいつはお前を取り戻す気でいる。お前を、紅椿家に捧《ささ》げる生贄《いけにえ》にはできない、と言っていた」

夜行様は淡々と語る。

私は黙って聞いている。

白蓮寺の若様は、結納金を倍額にして返すのと、別の花嫁を提供するのを条件に、私との婚約を解消し白蓮寺家に返すよう、夜行様に交渉したらしい。

「…………」

私はただただ、無言だった。

夜行様は私が何も答えないので、話を続けた。

「確かに俺は、日々お前の血を奪っている。お前の体を傷だらけにして」

「………」

「お前がまだ、あの男に気持ちがあるというのなら……俺は……」

「ありません」

ずっと無言でいた中で、私がはっきりと否定したので、夜行様はハッとしていた。

だけど、もう、これ以上は無理だ。

私はスッと立ち上がり、ずっと言えずにいた、簪を持ち続けていた理由を告げる。

「私が……」

「………」

「私が、この簪を、ずっと持っていた理由は……っ」

そう言いながら、私は簪の尖《とが》った先を、自分の喉元《のどもと》に当てた。

「――菜々緒！」

私がしようとしていることに気がついて、夜行様はとっさに私の両腕を掴《つか》んだ。そのまま少し揉《も》み合《あ》った後、私は体を壁に押し付けられ、動きを封じられる。

「何をしている！　やめろ！」

簪の切っ先が私の喉を少しだけ引《ひ》っ掻《か》いたみたいで、そこが少し熱を帯び、血が滲《にじ》み出《で》ているのがわかった。

私は目に涙を溜《た》めて、口をわなわなと震わせながら、夜行様に告げた。

「……私は……ずっと……あやかしに辱められた女には、生きている価値はないと、言われ続けてきました」

夜行様はゆっくりと目を見開く。私を見つめ、言葉を失っていた。

「だから、もう辛《つら》くてどうしようもない時は、この簪で自ら命を絶とうと……ずっと、そう思って、生きて……きました……」

「………」

「傷モノの私でも、この簪があれば、いつでも辛い現実から逃げることができる。そう思うと、不思議と心が安らいだのです」

そうやって、いつもギリギリのところで、生きながらえてきたのだ。

「菜々緒……っ」

私は体の力が抜けていくのを感じ、壁に沿う形で、ズルズルとその場にへたりこむ。

夜行様は私に合わせて膝《ひざ》をついた。私はぐったりとしたまま、夜行様に掴まれた手に今もまだあの簪を握りしめながら、話を続けた。

「おかしいですよね。この簪を結界の外に取りに行ったせいで、私は、猩猩《しょうじょう》に攫《さら》われたのに。こんな、ただの簪の、ために……っ」

いや。だからこそ、この簪で全《すべ》てを終わらせなければと思ったのかもしれない。命を絶つ方法なんて他《ほか》にいくらでもあるのに、私はなぜだか、この簪だけがそれを成し遂げてくれると思っていた。

私は若様に恋をしていた。若様への恋情を貫《つらぬ》くために、掟《おきて》を破って結界を出て、この簪を取りに行ったのだ。

そしてあやかしに攫われて、妖印《よういん》を刻まれて、穢《けが》れた身の上に落とされた。

若様への一途《いちず》な恋心。それこそが全ての始まりだったから。

「若様に貰《もら》ったこの簪は、私にとっての呪《のろ》いであり、私の全てを終わらせるためのお守りでした。だから、これを手放すことが、今もまだ怖かった」

それが、私がこの簪を持ち続けた理由。

私は私の胸元に、いつでも自分を殺せる凶器を潜めていただけなのだ。

「若様なんて、どうでもいい。もう、私の心のどこにもいない。だって……」

だって、若様は……

「若様は、あの日、菜々緒を〝猿臭い〟と言ったもの」

それは、大好きだった人に、もうどうしようもなく嫌われて、見捨てられた瞬間だった。

あの時、心の奥で何かが割れるような音がして、壊れて、砕《くだ》けて、散ってしまったものがあることを、私はちゃんと知っている。

なのに、どうして今更、私を取り戻そうとするの。

どうして私が、今も若様を想っているなんて、勘違いできるの。

あんな仕打ちをしておきながら――

「お願いします、夜行様。私を若様の元には返さないでください。何でもします。何でもしますから」

「……菜々緒」

「嫌だ、怖い。帰りたくない。あんなところには」

若様のこと。

暁美《あけみ》姉さんのこと。

白蓮寺家のことを思い出すだけで、目の前が真っ暗になる。あの場所で受けた差別や、暴力、浴びせかけられた言葉、恐ろしい折檻《せっかん》を、今もまだ鮮明に思い出せる。

そうしたらもう、体の震えが、涙が、止まらなくなるのだ。

「お願い……っ。夜行様まで、菜々緒を捨てないで」

私は私の、途方もない願望、とてつもないわがままを吐《は》き出《だ》した。

たとえ夜行様に疑われ、嫌われても、私が縋《すが》ることのできる人は夜行様だけだった。

だけどそれは、やはり言ってはいけない言葉だった気がして、私は何だか全てが終わってしまったような空虚な感情を抱き始める。

心が急激に冷え込んで、視界も彩度を失っていき、私は壁にもたれたままコトンと夜行様から顔を背けた。

もういい。

もうどうしていいのかわからない。

いっそ、このまま消えてしまいたい。自分の全てを終わらせたい。

どうせ、あの日、私は一度死んだようなものなのだから。

「すまない、菜々緒……っ！」

夜行様は私の体をグッと引き寄せるようにして、強く強く抱きしめた。

唯一の希望を失ったように、ぐったりと力なく、静かに打ちひしがれている私を。

「すまない。すまない。お前の心の傷を、俺は計り損《そこ》ねていた」

そして何度も、切実な声で「すまない」と言った。

それでもまだ、私の視界は色がなく、心はぽっかりと穴が空いたようだった。

「俺がどうかしていた。菜々緒がまだ、あの男を想っているのかと思って、少し、迷ってしまった。お前を傷だらけにしている自覚もあったし、負い目もあったのだ」

「…………」

「お前をあんな場所に、あの男の元に返すつもりは最初からなかった。ずっと虐げてきたくせに、今更、お前を取り戻そうとする奴《やつ》なんかに……っ」

「…………」

「ただ、お前の気持ちが知りたかった。お前にとって何が一番幸せなのか、俺が確かめて、それでも……俺を選べと、言うつもりだった」

「…………」

俺を……選べ……？

「だが、結果的にお前の心の傷を抉《えぐ》ってしまった。許せ、菜々緒。許せ……っ」

私はいまだぼんやりとしていた。涙目のままスン……と鼻をすする。

「でも、夜行様、結婚を取りやめたって……」

「取りやめた？　式の時期をずらしただけだ。誰だ、そんなデタラメ言ったのは」

「……え？」

私は目をパチパチとさせる。そのたびに涙の粒がポロポロと零《こぼ》れる。

「で、でも。白蓮寺の花嫁には黒い噂があるって……花嫁を送り込んで、五家を裏で操ろうとしているって……夜行様も私のことを……その、疑っていたのでは？」

「はあ？　～～ったく、その話もどこから聞いたんだか。確かに白蓮寺の花嫁には色々と良くない噂がある。だが、俺はお前を疑ったことなどない。今までだって、お前にそんな素振りはなかったではないか。お前はこれからも、俺の側にいればいい」

じわりじわりと視界に色が戻ってきて、私は目の前に、夜行様の赤い瞳《ひとみ》を見つける。

そして、

「菜々緒は、ここにいていいのですか……？」

ポツリと小さな声で呟いた。

夜行様は眉《まゆ》をひそめ、私の涙を指で拭《ぬぐ》いながら「当然だ」と言う。

「菜々緒がいてくれないと困る。いつ俺が、お前のことをいらないと言った」

「で、ですが……昨日、血はいらないと……」

私の言いたいことがわかったのか、夜行様は複雑そうに眉を寄せる。

「昨日は、昼間にお前の血を飲んでいただろう。これ以上飲んだらお前の体に負担がかかると思ったんだ。それに、お前の首の傷を白蓮寺に指摘されて、俺自身、吸血を躊躇《ためら》ってしまったというのもある。お前には冷たく当たってしまったと……後悔した」

「…………」

「それに、昨日は呼び出しやら付き合いやら色々なことが重なって、結局屋敷《やしき》に戻ってこられなかった。今朝はあの白蓮寺の若造に呼び止められるし」

夜行様、チッと舌打ち。いつものごとくビクッとなる私。

「結婚式を遅らせる理由も、色々とあってな。今度ちゃんと説明してやる。だが……」

夜行様は、私の喉に顔を埋《うず》め、簪の先で切ったところに唇《くちびる》を寄せる。

まるで喉元に食いつかれているようで、少し緊張した。

「……甘い」

夜行様はそう呟いた後、一度私から離れ、立ち上がった。

「はあ〜〜」

顔に手を当て、部屋中をウロウロしながら、やけに長いため息をついている。

それがあまりに切なげで、深刻そうだったので、私も心配になって、オロオロしながら立ち上がる。

「あ、あの。夜行様……？」

「やはりお前の血は美味だ。別格だ。これには抗《あらが》えん。お前を手放すなんて到底無理だ、、、」

夜行様はハッキリと断言した。そして、いつの間にか私の手から奪っていた例の簪を、開けた窓から遠くに放り投げる。

それはもう、見事に、ポーイと。

「え？　え？　夜行様⁉」

「あれはもういらん」

夜行様は、ぽかんとしている私に再び向き直った。

「あんなものがなくても、お前が生きたいと望めるよう、俺がお前を目一杯大事にする。お前が安心して暮らせる居場所を、俺が作る」

その大きな手で優しく頬《ほお》に触れ、夜行様は私に言い聞かせる。

「いいか、菜々緒。俺はお前を捨てたりしない。絶対に」

「…………」

「捨てるどころか、逃がさないよう……奪われないよう必死なくらいだ」

そして、頬に触れていた手で私の顎《あご》を持ち上げ、上から顔を覗《のぞ》き込《こ》み……

「俺を選べ、菜々緒」

熱を帯びた真摯《しんし》な眼差《まなざ》しで告げる。

「俺が必ず、あの男から、お前を守ってやる」

「…………」

ああ。

あの日と同じ、心がかき乱されるような、綺麗《きれい》な赤い目をしている。

この眼差しに囚《とら》われてしまったら、私にはもう、夜行様の言葉を疑うことも拒否することも、できそうにない。

「はい。……はい、夜行様……っ」

私の返事を聞き遂げた夜行様は、目を細める。

そして涙に濡《ぬ》れる私の唇に、深く落とし込むように、ゆっくりと唇を重ねる。

初めてのことに一瞬だけ身を強張《こわば》らせたが、徐々に身を委《ゆだ》ね、夜行様に全てを任せた。

どうしてかまた涙が零れて、胸がチクチク痛んで、切ない感情でいっぱいだった。

治りづらい傷口に、寂《さび》しかったところに、ずっと欲しかった温《ぬく》もりや愛情が注がれて、それが染《し》み込《こ》んでいるかのよう。

――あんな思いをするくらいなら、もう恋なんてしたくない。

――私はあの方に、恋を、するのだろうか。

その答えはすでに出ている。

砕けて散って、壊れてしまったはずのものが、私の中で新しい形を成し、脈打っている。

私はこの日、夜行様への〝恋心〟を、嫌というほど自覚したのだった。

裏

白蓮寺暁美、だから排除したはずだったのに。

「暁美。お前のことは、私の正妻から下ろすつもりだ」

「……は？」

それは、菜々緒と再会した日の夜のことだった。

皇都の中心部にある白蓮寺邸にて、若様が冷淡な瞳で私を見下ろし、そう告げた。

私、白蓮寺暁美は驚きのあまり最初こそ首を傾《かし》げていたが、じわじわと若様の発言の意味を理解し、我ながら焦りの極まったような声を張り上げる。

「い、嫌です！　どうして私が……っ！」

心外だった。若様が私を、正妻から下ろそうとするなんて。

だけど確かに、ここ最近の若様は、私に対し不満や不安を露《あら》わにする様子があった。

「朝餉を菜々緒に作らせ、自分の手柄《てがら》にしていただけではない。私の見ていないところでは琴美《ことみ》の世話も乳母に任せっぱなしで、女中いびりも凄《すさ》まじいと聞いている。どうにもお前は、白蓮寺家の花嫁の立場やつとめを、軽んじすぎているようだ」

「わ、私を正妻から下ろして、いったい誰を正妻にするおつもりですか!?　私以上に、霊力の高い白蓮寺の娘なんていません。……まさか……っ」

嫌な予感がする。

ここ最近の若様は、どうにもあの女に執着している感じがしていた。

「ああ、そのとおりだ。菜々緒を、あの紅椿家の凶悪な鬼から取り戻し、私の正妻に据える。もとより、私の妻になるはずだった娘だ」

「…………」

若様の、こんなに強い意志を秘めた目を、初めて見た。

私はギリっと歯を食いしばる。

どうして私が正妻の座から下ろされなきゃいけないのよ。

どうして菜々緒が、若様と、皇國《こうこく》の鬼神の間で取り合いみたいになっているのよ！

菜々緒。菜々緒。

結局、菜々緒。

白蓮寺家で、私より霊力の高い娘は、菜々緒だけだった。

だから邪魔者の菜々緒を、あの日、排除したはずだったのに——

○

陰陽五家の序列四位、白蓮寺家。

白蓮寺の一族の住まう里は、皇都よりずっと北側の、霊脈の集中する神聖な山間《やまあい》にある。

ちょうど、五行結界の北の頂点に位置する場所だ。

そういう土地の空気、水、食物のせいか、白蓮寺家ではこの時代でも、霊力の高い娘が生まれやすい。

母体が宿す陰《いん》の霊力は、その子どもの霊力や才能に、大きな影響を与えるという。

そこで白蓮寺家は、嫁不足で悩む他の五家に、霊力のある娘を高額な結納金で嫁がせ、富を得ていた。ただし最も高い霊力の娘だけは、白蓮寺家の跡取りに嫁ぐというのが一族のしきたりだった。

——白蓮寺麗人様。

白蓮寺家の跡取りである若様は、私たち白蓮寺の娘にとって、最大の憧《あこが》れだ。

見目麗しく、気高くお優しく、歴代の白蓮寺家の中でも優れた才覚をお持ちだとかで、若様は次期当主としてとても期待されていた。

だから白蓮寺の里の娘たちは、誰もが若様に嫁ぐことを夢見ていた。

だってそれが、里の娘にとって一番いい結婚だったから。

若様に嫁げば本家の屋敷で贅沢三昧《ぜいたくざんまい》の生活ができるし、同世代の女たちの中で一番の玉《たま》の輿《こし》に乗ったと大きな顔ができるもの。

私はずっと、若様の正妻候補の筆頭だった。里の娘の中で最も高い霊力を持っていたし、両親も里の人間の中で立場のある役職についていて、本家にあれこれと根回ししていた。

何より私は里で一番の美人だしね。若様だってきっと、私を選ぶに決まっている。

あの頃は、当然のように、そう思っていた……

「若様の許嫁には、従妹《いとこ》の菜々緒が選ばれたそうだ。暁美は側室候補だとか」

「なぜ暁美が側室なの？　正妻でなければ意味ないじゃない！」

「菜々緒は、暁美よりはるかに霊力が高いらしい。こればかりは仕方がない……」

ある日、両親の会話を漏れ聞いた。

私ではなく一つ年下の従妹・菜々緒が、本家の若様に嫁ぐことが決まったのだ。

菜々緒は最近になって、極めて高い霊力を持っていることが判明したらしい。

嘘《うそ》でしょ？　あの、鈍臭い菜々緒が……？

ずっと、若様に嫁ぐのは私だと思っていた。泣き虫で甘えたがりで愚図《ぐず》な菜々緒が、私よりはるかに高い霊力を持っているなんて信じられなかった。

だけど現実は残酷で、若様と菜々緒は正式に婚約したし、許嫁同士となった。

嫁入りが早々に内定するということは、菜々緒以外は、もはやありえないということ。

それほどに、極めて高い陰の霊力を菜々緒は持っているということだった。

私を本家に嫁がせようと躍起になっていた両親は酷く落ち込んでしまい、私も花嫁修業にやる気をなくしてサボるようになった。

一方、若様と菜々緒の関係は順調だった。若様は素直な菜々緒をとても可愛《かわい》がっていたし、菜々緒は見るからに、若様に恋をしていた。

白木蓮《はくもくれん》の木の下で、慎《つつ》ましやかな愛情を育《はぐく》む二人。そんな二人を、私は遠い場所から、爪《つめ》を噛《か》みながら睨《にら》みつけていた。

許さない。

許さない。許さない。許さない。

若様の正妻になるのは、私だったはず。

元々は格下だった菜々緒が、後から私の立場を脅かし、何食わぬ顔をして奪っていったのが我慢ならない。

菜々緒ごときが、里で一番いい結婚をして、幸せになるのが許せない。

菜々緒ごときが、さも当たり前のように、若様と恋をしているのが許せない。

この先、もし菜々緒が本当に若様に嫁いだら、私はあいつを若奥様と呼んで、へこへこ謙《へりくだ》らなきゃいけないんじゃないの？

たとえ私が側室になれたとして、本妻と側室の序列なんて、誰が見ても明らかだ。

ふざけんじゃないわよ！

私が菜々緒より下なんて、そんなの絶対、許さない。

ドロついた嫉妬《しっと》の気持ちが腹の中を蠢《うごめ》いて、何だか気分が悪くなって、吐きそうだった。

だって、菜々緒さえいなければ選ばれるのは私だった。

菜々緒さえ、いなければ——

「妖印《よういん》？」

「ああ。あやかしが、攫った娘に刻む〝傷〟のことだ」

ある日、私は父からその話を聞いた。

「最近、五行結界の外では猩猩による娘攫いが頻繁に起こっているらしい。あやかしは霊力の高い娘を好み、自らの花嫁にしようとする習性がある。その機会を狙《ねら》って、この里の注連縄《しめなわ》の向こうでも、奴らがうろついているという報告もあるからね」

「…………」

ここは五行結界の〝北〟の頂。注連縄より一歩外に出たら、そこはもう五行結界の外であり、人があやかしに襲われる危険性は増す。

「暁美。お前は絶対に注連縄の外に出てはいけないよ。猩猩に攫われ、妖印を刻まれたら最後……たとえ助け出されても、一生〝傷モノ〟と蔑《さげす》まれ生きていくことになるぞ」

私はこの話を聞いた時、ふと思ったのだ。

何それ最高じゃない。

菜々緒の霊力が高いというのなら、注連縄の外におびき出して、猩猩に攫わせて傷モノにされちゃえばいいのよ。

白蓮寺の一族で、私より霊力の高い娘は、菜々緒だけだった。

菜々緒さえいなくなれば、正妻の座は確実に私のものになる。

だから私は、あの日、菜々緒が大切にしていた簪を盗んで、結界の外に放り投げた。

あれは若様から菜々緒への、高価な贈り物。

一途な菜々緒なら、絶対に取りに行くとわかっていたから――


思惑どおり、菜々緒は猩猩に攫われた。

その菜々緒が、額に妖印を刻まれて傷モノにされたと知った時、私は猛烈な目眩《めまい》と吐き気に襲われて、嘔吐《おうと》した。

吐いている時は最悪の気分だったけれど、全部出したらスッキリして、私は口元を拭いながら、込み上げる笑いを止めることなどできなかった。

勝った。

勝った勝った勝った。

これで私の勝ちだ、菜々緒……っ！

そう。私は菜々緒を、排除したはずだった。

第十話

紅椿《べにつばき》夜行《やこう》、嵐《あらし》の前に。

――夜行様《やこう》まで、菜々緒《ななお》を捨てないで。

虐げられ続けた娘の、縋《すが》るような、心の叫び。

妖印《よういん》を刻まれたというだけで、愛していた者たちにことごとく捨てられ、顔も声も封じられて生きてきた菜々緒の心の傷は、俺が想像していた以上に深かった。

この言葉に託した菜々緒の願いを、俺は聞き逃してはならない。

「……今朝の朝餉《あさげ》は、なんというか、てんこ盛りだな」

「すみません。すみません夜行様。張り切りすぎました……っ」

この俺、紅椿《べにつばき》夜行はてんこ盛りのお茶碗《ちゃわん》や数々のおかずを前に、少々驚いていた。

妻の菜々緒は、朝からおかずを作りすぎてしまったことを、俺に頭を下げて必死に謝っている。

いや、全く謝る必要はないのだが。

むしろ昨日、ああいうことがあったから、心身共に疲れていただろうに……。

いつもながら、健気《けなげ》で一生懸命な娘だ。

「菜々緒が早起きして作ってくれたのだ。ありがたく頂く。腹も減っているしな」

手を合わせ、朝餉を食う。

菜々緒の拵《こしら》える朝餉は、実に美味《うま》い。

丁寧で繊細な味付けであるのと同時に、正確な儀式の手順をこなしており、込められた霊力量が今まで食ってきた朝餉の中でも、極めて多い。

白蓮寺《びゃくれんじ》の里で、この朝餉を食った時は本当に衝撃的だった。

白蓮寺麗人《れいと》の若奥方が拵えたという話だったが、それにしては霊力の質が違うだろうと思っていた。だから俺は、この朝餉を拵えた人物は別にいる、と考えたのだった。

その朝餉の君にも興味が湧《わ》いたが、この日の俺の本当の目当ては、別にいた。

実のところ、最初から、知っていたのだ。

白蓮寺家の〝傷モノ〟の娘の存在。

白蓮寺家には、猩猩《しょうじょう》に攫《さら》われて傷モノにされた娘が一人いる。猿面をつけさせられているからすぐにわかる、というような噂《うわさばなし》話は、以前より聞いたことがあった。その娘は元来、白蓮寺の若君に嫁《とつ》ぐ予定だったほど霊力が高い、ということも……

里を練り歩いてもなかなかその娘が見当たらなかったが、ふと芳《かぐわ》しい血の匂《にお》いがして、それを辿《たど》って里の外れに向かうと、まだ冷たい泉で体を洗う一人の痩《や》せた娘を見た。

冷たい泉の水で、その娘は必死に体を擦《こす》っていた。

見ていて痛々しいほど、肌から血が滲《にじ》んでしまうほどに。

こちらに背を向けているとはいえ、女の入浴を覗《のぞ》き見《み》するのもどうかと思ったが、体のあちこちに無数の古傷があり、その痛ましい様子から目を逸《そ》らすことができなかった。

娘はふと体を擦る手を止め、髪をまとめていた簪《かんざし》を抜き、それをジッと見つめているようだった。

あの時はあまり気にしていなかったが、今ならば、あの時の菜々緒の心境がわかる。

あの瞬間だって菜々緒は、いつ、死のうかと、ずっと考えていたのだ……。

顔につけた猿面は、人間扱いされていない証拠だ。

沐浴《もくよく》中もそれを頑《かたく》なに外すことなく、俺が声をかけた時もだんまりを決め込んでいたが、やがて俺に向かって着物に触れるなと叫んで、逃げ去った。

猿面の娘——

俺は、自分の体質を受け止められる娘を、ずっと探していた。

霊力が高いだけの娘ならば、今までだって縁談話は腐るほどあった。

だけど、蝶《ちょう》よ花よと育てられ、痛みも苦しみも、飢えも渇きも知らない娘には、到底、俺の吸血行為を受け止め切れるはずもない。きっと耐えられなくなって逃げ出すだろう。

そういう女は今までもたくさんいた。

俺の〝英雄視〟された外側の姿しか知らず、理想だけを募《つの》らせた大半の娘は、本当の俺の姿を受け入れられずに、いつも逃げ出してしまうのだった。

だから俺は、この時すでに、この猿面の娘を花嫁にできないだろうか……と考えていた。

この娘なら、あるいは、と。

白蓮寺家の花嫁には何かと黒い噂《うわさ》があり陰陽《おんみょうりょう》寮でも警戒されていたが、それでもこの娘を、古臭い因習の蝕《むしば》む里から、むごい境遇から救ってやりたかった。

あやかしに攫われた結果〝傷モノ〟などと呼ばれ、顔も声も封じられ、無慈悲な差別を受けている。この娘の痛ましい姿に、俺は自分の〝椿鬼《つばきおに》〟体質によって受けた拒絶や苦労を重ねて、深い憤りを抱いたのだった。

そしてその、翌日のこと。

あの娘は誰より先に、白蓮寺家に忍び込んだ妖蟲《ようちゅう》に気がついて、自分を虐げ続けた者たちの赤ん坊を守ろうとしていた。一度あやかしに攫われた娘が、その手のものに立ち向かうには、どれほど勇気のいることだったか。

それなのに、その健気な行為すら疑われ、殴られ蹴《け》られ、酷《ひど》い暴力を受けていた。傷モノとはそれほどの仕打ちが許される存在で、あの娘はもう、身も心もボロボロだった。

部屋の隅《すみ》で体を丸めて蹲《うずくま》り、他者に近寄られることにすら怯《おび》えて、震えている。

それは理不尽な虐待を受け続け、それでも自身を守る術《すべ》のない者のとる行動で、俺はこの時、この娘を自身の花嫁にするかどうかというよりも、一刻も早くここから連れ出し、陰陽寮の人間として保護してやらなければ……という思いの方が大きかった。

その素顔を見て、その血を、口にするまでは――


「ああ。今日も朝から力が漲《みなぎ》る。いい仕事ができそうだ」

俺がそう言って朝餉を食うのを、菜々緒がぽーっと頬《ほお》を染めて見ていたので、俺はそんな菜々緒の様子が気になった。

やはり昨日の今日で疲れているのではないだろうか。

「菜々緒？　どうした、ぼーっとして」

「……えっ」

「まさか熱があるのか？　頬が赤いぞ」

「い、いえ！　熱なんてありません。今日はとても元気です……っ」

「そうか？」

「は、はい」

菜々緒は朝から、どこか落ち着きがない。

そわそわしているし、人差し指で畳をいじっているし、いつも以上に俺と目が合わない。

しかし俺が菜々緒から目を逸らしている時は、じーっと俺の顔を見ていたりする。そして俺が菜々緒を見たら、またバッと目を逸らす。

こんな風に落ち着きがないまま、菜々緒は慌ただしくお膳《ぜん》を下げた。

「お、お茶をお持ちしますね……っ、食後の！」

「あ、ああ……」

そしてお膳を抱《かか》えたまま、バタバタと俺の部屋を出ていく。慌てて転んだりしなければいいのだが。遠ざかる菜々緒の足音を聞いていたら、前鬼《ぜんき》がドロンと背後に現れてニヤニヤしながら俺に言った。

「菜々緒の嬢ちゃん。随分とウルウル艶々《つやつや》してやがる。ありゃ女の顔だ」

「…………」

「オメー、結婚式まで手は出さないとか言っておきながら」

「口付け以外、何もしてない」

俺はしれっと言う。

煙管《きせる》を取り出し、ぷかぷかふかして昨晩のことを思い出す。

菜々緒はまだ十七の娘。あの程度の触れ合いにも恥じらいがあるのだろう。

俺を意識してしまっていても、おかしくはないか……

「昨日はあれから菜々緒に飯を食わせて、寝る前に軽く血を吸った。少しメソメソしていたから、寝付くまで添い寝していた。そしたら……」

「オメーまで寝ちまったのか」

「そういうことだ」

「はあ～。皇國《こうこく》の鬼神が聞いて呆《あき》れる。花嫁相手にただの添い寝とか……」

「……」

「菜々緒の嬢ちゃんもまだまだ子どもだな。あれで紅椿家の花嫁業が務《つと》まるのか？」

「なに。我が母にしろ祖母にしろ、紅椿家の花嫁は代々好き勝手なことをしている。今更菜々緒に、花嫁業だの何だの言うつもりはない」

「まあ、そりゃ確かに」

「そもそも菜々緒はよくやっている。朝餉も美味いし血も美味い。健気で素直で、いじらしい。何事にも初々しいところが愛らしい」

「ベタ惚《ぼ》れじゃねーか」

「何を言うか。俺は一目惚れだった」

そうだ。

あの時の俺は、虐げられていたことへの哀《あわ》れみや、椿鬼の体質を受け入れてもらえるかどうかということ以上に、もっと直感的なところであの娘を見初めた。血を舐《な》めた瞬間、この娘しかいないと、そう思ったのだった。

要するに一目惚れだ。

まあ、菜々緒は俺をどう思っているのか知らないが……

「それに、甘やかしたくもなる。猩猩に攫われただけでも大きな心の傷を負っただろうに、それからの菜々緒の境遇は、人のそれではなかった」

何度思い出しても、胸糞悪《むなくそわる》い。

昨日、菜々緒が簪を胸元に秘めていた理由を聞いて、なおさら、菜々緒の受けた仕打ちの残酷さが浮き彫りとなった。

あの娘は、本来はとても明るく天真爛漫《てんしんらんまん》で、甘えたがりなのだろうと思う。その兆《きざ》しのようなものが僅《わず》かに感じられるようになり、愛らしい笑顔も見られるようになっていた。

それなのに、白蓮寺家の連中が現れたことで、菜々緒は過去に受けた心の傷を再び抉《えぐ》られ、思い出すことになってしまった。

特に、白蓮寺麗人の、菜々緒への執着には気をつけなければならない。

あいつは昨日、皇國陰陽寮で俺を呼び止め、言ったのだ。

「何？　菜々緒との婚約を、取り消せだと？」

「ええ。白蓮寺に支払っていただいた結納金《ゆいのうきん》は、二倍にしてお返しします。代わりの花嫁も、白蓮寺で用意いたしますので」

陰陽寮本部の裏手に俺を呼び出し、白蓮寺麗人は何の躊躇《ためら》いもなく、菜々緒に関する交渉をしてきた。

○

要は、菜々緒を自分の下に返せ、ということだった。

あまりに身勝手な話で、俺は鼻で笑ってしまう。

「……はっ。妻子のいる分際で、今更、菜々緒が惜しくなったのか？　話にならん。契約違反だ。そんなもので、一度娶《めと》った花嫁を返すわけがないだろう」

しかし、白蓮寺麗人の目は本気だった。

「椿鬼にとって、菜々緒の血はそれほど美味なのですか？」

「……何？」

「きっと毎晩、泣き叫ぶ菜々緒の肌を嚙《か》み、命にも等しい血を吸い取っているのでしょう。昨日、無数の嚙み傷を見て確信しました。菜々緒はあなたの妻になるより、私の下にいた方が幸せだ……と」

「…………」

「胸元に秘めていた簪が何よりの証《あかし》です。菜々緒は今も、許嫁《いいなずけ》だった私のことを想《おも》っている。私の助けを欲している。私の下へと、帰りたがっている」

自信満々に語る、白蓮寺麗人。菜々緒が、自身の贈った簪を持っていたからか、この男は強気だった。

だが、俺も黙ってはいられなかった。

「菜々緒は白蓮寺の里で、猿面をつけられ言葉を封じられていた。それを破れば酷い折檻《せっかん》を受けていた。あいつの体の古傷は、俺の噛み傷のそれとは違うぞ。お前はそれを見たことがあるのか？」

白蓮寺麗人の目元がピクリと動き、顔色が少し変わる。

「それなのに、菜々緒が白蓮寺に……お前の下に帰りたがると？」

「もう二度と、里で、あんな扱いはさせない！」

白蓮寺麗人は声を張り上げた。

自分もその扱いに加担し、菜々緒を傷モノ呼ばわりしていたくせに、今更、何を憤っているというのか。

本当に気に入らない男だ。

だけどそれは、きっと、お互い様というやつなのだろう。

「今度、改めて、菜々緒自身に尋《たず》ねてみましょう」

白蓮寺麗人は、まるで宣戦布告のように、俺に言う。

「私は菜々緒を絶対に取り戻す。そして私の妻にする。菜々緒を、椿鬼に捧《ささ》げる生贄《いけにえ》になどできない」

○

昨日の白蓮寺麗人とのやりとりを思い出しながら、俺はため息のごとく、煙管の煙を吐《は》き出《だ》した。

「……白蓮寺麗人。あの野郎、俺から菜々緒を取り戻す気でいるらしい」

「はっ。いいねえ、若いねえ」

前鬼はゲラゲラ笑いながら、膝《ひざ》を叩《たた》いた。

そして朝っぱらからひょうたん型の徳利《とっくり》を抱えて、酒をかっくらう。

「同じ五家の跡取り息子として、オメーに張り合ってんのさ。男は自分のものだと思っていた女を、別の男に持っていかれた途端に、惜しくなって執着し始める生き物だ。特にその女が、幸せそうにしていたら、な」

「…………」

「とはいえ、あのボンボンがどう足掻《あが》こうが、傷モノとの結婚なんて白蓮寺の老人どもが許さねえよ。異端慣れした紅椿家と違って、白蓮寺は実に潔癖だ。異端を嫌う。菜々緒の嬢ちゃんに徹底させた猿面がそれを物語っている。人じゃなく猿扱いしてたってことだ。……そんな娘を今更、本家の花嫁になんかできやしねーよ」

「だが、白蓮寺麗人の目は、本気だった」

白蓮寺麗人。

初めて会った時から、お綺麗《きれい》なことばかりぬかす世間知らずのボンボンという印象で、俺の嫌いな人種だと思っていた。

だが、菜々緒に執着するあの目は血に飢えた獣のようにギラついていて、直感的に油断ならないと思ったのだった。

「つーかよお。そもそもなんで、菜々緒の嬢ちゃんは猩猩なんかに攫われたんだろうな。それさえなきゃ、嬢ちゃんは順当に、あのボンボンの花嫁だったろうに」

「…………」

それは確かに、そのとおりだ。里の外にすら出してもらえない白蓮寺の娘が、あやかしに攫われる状況など、あまり思いつかないが……

ふと、昨日、菜々緒の言っていた言葉を思い出した。

「そういえば、あの簪を結界の外に取りに行ったせいで猩猩に攫われたと、菜々緒は言っていたな」

「それは、五行結界の外ということか？」

「おそらくそうだろう。白蓮寺の里は五行結界の北の頂にあり、ちょうど結界の境目にある。あのような山里の、五行結界の外側などというところは、猩猩のようなあやかしがうようよいるだろうからな……」

ならばなぜ、菜々緒は結界の外に簪を取りに行く羽目になったのだろうか。


ガシャン――

書斎で出勤の準備をしていると、廊下側から何かが割れる音がして、まさかと思って外に出る。どうやら菜々緒が花瓶《かびん》を廊下で落として、派手に割ってしまったようだ。

「おいおい。大丈夫か」

「も、申し訳ございません。夜行様。花瓶が、花瓶が」

「花瓶はいい。どうした菜々緒。朝からずっと落ち着きがないぞ」

「そ、それは……。い……っ」

菜々緒は割れたガラスの鋭いところに触れてしまい、指先を切ってしまった。

ピューと血が噴き出てますます目を回している。

「すみませんっ、すみませんっ」

「菜々緒。落ち着け、菜々緒」

菜々緒の手首をガシッと掴《つか》む。

菜々緒の目を見てまた「落ち着け」と囁《ささや》いた。

傷口からタラタラと血を流す彼女の細い指を見て、俺は密《ひそ》かに目の色を変え、その指を、そっと自分の口元に寄せた。菜々緒の血を見ると、どうにも吸血の衝動に抗《あらが》えない。

「……すまん。お前の血を見たら、つい」

「はっ！　い、いえ。おかげで落ち着きを取り戻しました……多分」

菜々緒は顔を真っ赤にさせながら、俯《うつむ》きがちになってそう言った。

「猫《ねこ》。ここを片付けておいてくれ」

「はいはい……っと」

俺は「猫」と書かれた紙面の女中の式を呼びつけ、廊下の片付けをするように命じて、菜々緒を抱き上げて書斎へと連れていった。

そして菜々緒をソファに座らせて、薬箱を持ってきて、切れた指を手当てした。

書斎には吸血後に使う消毒液や塗り薬などが、一とおり常備されているのだった。

「お、お務め前にお手を煩わせてすみません。今日は朝からずっと、夜行様に迷惑をかけてばかりです……」

菜々緒はしゅんとして項垂《うなだ》れている。落ち着きがないということに、本人も気がついているようだった。

「いや。痛い思いをしたお前にこんなことを言うのも何だが、お前の血を飲めて、正直助かった」

「……はい」

「そういえば……昨日のことだが」

昨日、という単語に露骨に反応して、ピクリと肩を上げる菜々緒。

「昨日、お前、簪を結界の外に取りに行ったせいで猩猩に攫われた……と言っていたな」

「え？　あ、それは……」

菜々緒は思っていた話題と違ったのか、どぎまぎとしているようだった。

それは昨日、菜々緒が俺に、白蓮寺麗人から貰《もら》った簪を胸に潜め続けていた理由を語った時のことだ。菜々緒はその話の中で、簪を結界の外に取りに行ったせいで猩猩に攫われた、と言っていた。

菜々緒にとっては思い出したくもない話だろうが、俺には確認したいことがあった。

「簪は、何かの拍子《ひょうし》に結界の外に飛び出してしまったのか？」

「い、いえ」

菜々緒は小さく首を振る。

「あの時、私、簪を失《な》くしてしまっていたのです。里中を探し回っている時に、結界の注《し》連縄《めなわ》の……外に落ちているのを見つけました。私、いけないとわかっていながら、注連縄を潜《くぐ》って簪を取りに行ってしまったのです」

そう言いながら、菜々緒は表情に影を落とす。

「今思うと、本当に愚かな行為でした。あれだけ注連縄の外に出るなと言われていたのに。何もかも、自業自得です」

「……そうか。わかった。すまないな、辛《つら》い話を思い出させて」

俺は、項垂れていた菜々緒の頭にポンと手を置いた。

随分と嫌な話をさせてしまった。だが同時に、俺の疑念は一つの確信に変わる。

立ち上がって、ふと窓の外を見た。

「そうそう。陰陽寮の気象士によると、今日は午後から天気が荒れるらしい。今は晴れているが、きっとすぐにでも天気が崩れるだろう」

まだ、雲一つない晴天ではあるが、カタカタと窓が強めの風に吹かれて揺れている。

「春の嵐《あらし》だ。風神と雷神が、皇都の空を暴《あば》れまわるとか」

「風神様と、雷神様が？」

それは大変です、と菜々緒は青ざめた。

「菜々緒も、屋敷《やしき》の外に出て薪割《まきわ》りなんかするなよ。お前が突風に攫われてしまうと困る」

「し、しません……っ、嵐の日に薪割りなんて」

「あははっ」

菜々緒が珍しく、むっと膨《ふく》れっ面《つら》になった。

それが愛らしくて、俺は思わず声を出して笑ってしまった。

「さて。俺は少し本部に行く。嵐の前にやっておきたいことがあるからな。嵐が酷くなる前に戻ってくるから、心配するな」

「はい。いってらっしゃいませ」

「ああ、行ってくる」

菜々緒は紅椿邸の外まで付いてきて、俺の乗る馬車が見えなくなるまで、俺のことを見送ってくれていた。

俺は、あの娘の、人としての尊厳と名誉を、取り戻してやらないといけない。

第十一話　春雷（一）

その日は、夜行《やこう》様のおっしゃっていたとおり午後から雨が降り始めた。

紅椿《べにつばき》邸の人々や式たちも、嵐《あらし》に備えてバタバタとしている。

私も、洋館の廊下の窓を閉めて回る。まだ午後の早い時間なのに、空は暗く、窓から見える木々が強く揺れている。

あ。遠くに落ちる稲妻を見た。そして後からゴロゴロと雷鳴が轟《とどろ》く。

風神様と雷神様が、春を祝って暴《あば》れていらっしゃるのかな。

「……夜行様、まだお戻りにならないのかしら」

嵐の前にはお戻りになるとおっしゃっていたが、夜行様はまだ屋敷《やしき》に戻ってこない。

このままでは雨風が強くなって、戻ってこられなくなるのではないだろうか……

そんな心配をしつつ、窓辺で夜行様に思いを馳《は》せていた。

今日は自分で自分が恥ずかしくなるほど、朝からずっと落ち着きがなく、夜行様にもご迷惑をおかけしてしまった。

「…………」

無意識のうちに自分の唇《くちびる》に触れている。ハッとして、一人で顔を真っ赤にし、勝手に恥ずかしくなっている。

気がつけば、昨日の口付けを思い出したりして。

でも、私ばかりが意識している。夜行様は大人の殿方だから、昨日のことなんて全く気にしてなさそうなのが、また……

いけない。もっとしっかりしないといけない。私はパンパンと自分の頬《ほお》を叩《たた》く。

夜行様に助けられ、甘えてばかりいてはいけない。そういう思いが空回って、てんこ盛りの朝餉《あさげ》や、花瓶《かびん》を割るような失態に繋《つな》がってしまったのだから。

ああ。私だってもっと、夜行様のお役に立ちたいのに！

「……ん？」

そんな時だった。窓の外に誰かいることに、ふと気がつく。

雨が降っていたせいで、それが誰なのかわかるのに少し時間がかかった。

だけどわかった途端、私はゾッと血の気が引いて、呼吸を止める。

そこには白蓮寺《びゃくれんじ》の暁美《あけみ》姉さんが、びしょ濡《ぬ》れのまま傘もささずに、赤ん坊を抱《かか》えて突っ立っていたのだ。

彼女は窓辺にいる私に気がついて、泣きそうな顔をして必死に何かを訴えている。

「……な、なんで」

私は窓辺から遠ざかり、混乱した頭のまま一階に降りた。

どうしよう。どうしたらいいのだろう。

「開けて！　助けて菜々緒《ななお》！　私、行くところがないの！」

すでに、ドンドンと、屋敷の扉を叩く音がする。

私は震える手を扉の取っ手に伸ばし、それを開けようとした。だが、

「いけません、菜々緒様。白蓮寺の人間が来ても屋敷に入れるなと夜行様の言いつけです」

後ろから私の手に触れ、制止する後鬼《ごき》さんの声は低かった。

私だって、暁美姉さんを屋敷に入れるのは、嫌な予感しかしない。

「で、でも、赤ん坊を連れていて……」

赤ん坊を、この嵐の中、外に放置するのは流石《さすが》に恐ろしい。

赤ん坊はすぐに病気になってしまう。風邪をひいてそのまま亡くなった赤ん坊だって、白蓮寺の里ではたくさん見てきた。

どうしたらいいのか、何が正しいのかわからなかったが、私はか細く怯《おび》えるような声で、

「開けて……あげてください」

と言ってしまった。後鬼さんは、

「……仕方ありませんね」

そう言って、屋敷の扉を開いた。

すると暁美姉さんは、ずぶ濡《ぬ》れの状態でドカドカと屋敷に上がり込み、

「ふう。やーっと開けてくれた」

ドサッと、持っていたものを落とす。

「菜々緒。しばらくここで、お世話になるわね」

それは、赤ん坊に見せかけただけの、ただの布の塊《かたまり》だったのだ。

「はあ〜。紅椿邸、思っていたより悪くないじゃない。洋館っていうの？　皇都の白蓮寺邸よりずっと新しくて、綺麗《きれい》だし」

「…………」

ずぶ濡れだった暁美姉さんは、湯浴みをして新品の着物に着替えていた。お客様扱いをされて、すっかり気を良くしている。

そして、応接間で出された来客用の紅茶をまじまじと見てから啜《すす》っている。お腹《なか》が空《す》いていたのか焼き菓子もガツガツ食べていた。

私はすっかり蒼白《そうはく》な顔をしていたが、暁美姉さんの向かいに座っている。暁美姉さんに、どうしてここへ来たのか事情を聞かなければと思っていた。

私の勘違いで、暁美姉さんをこの紅椿邸に入れてしまったのだから……

「あの、暁美姉さん、行くところがないって」

「ああ、白蓮寺家から家出してやったの」

「……え？　家出？」

「ふん。誰かさんのせいで、若様と色々あったのよ」

「…………」

「ま、あんなド田舎《いなか》、今更戻る気なんてサラサラないし。皇都の華やかさを知ってしまったら、ねえ。ほんと井《い》の中《なか》の蛙《かわず》だったわ〜」

井の中の蛙……

確かに今思うと、白蓮寺の里は独特の閉塞感がある。

特に娘たちは、外にお嫁に行かない限り、あの里から出ることもないから。

「というわけで、しばらくここでお世話になるわよ。こんな嵐の中、追い出したりしないわよねえ？」

そんなことを決める権利は、私にはない。

だけど心がざわつく。暁美姉さんが、この紅椿邸にいるなんて。

「あの、暁美姉さん。お子様はいいの？」

若様と暁美姉さんの間には、琴美《ことみ》様という名の、女の子の赤ん坊がいるはずだ。

暁美姉さんは何も答えず、ただ紅茶をズズッと啜った。そしてキョロキョロソワソワとし始める。

「ところで、紅椿のご当主は？　私、ご挨拶《あいさつ》がしたいのだけれど」

「ご当主は留守にしております」

そこのところは、私の後ろに控《ひか》えていた後鬼さんが毅然《きぜん》とした態度で答えた。

すると、暁美姉さんが目の色を変え、

「鬼の式ごときが気安く私に話しかけるな。私を誰だと思っているの？ 穢《けが》らわしい」

「…………」

「引っ込んでなさい」

後鬼さんは「失礼いたしました、白蓮寺の若奥様」と言って、ドロンと姿を消した。

白蓮寺の人間は、たとえ人に仕える式であっても、あやかしというものを根本的に毛嫌いしている。だから、傷モノの私に対する差別も酷《ひど》かったのだ。

私はぎゅっと膝《ひざ》の上の拳《こぶし》を握りしめ、怯えながらも暁美姉さんに言う。

「暁美姉さん、紅椿家にとってあやかしの式は家族なのよ。そんな言い方しないで……っ」

暁美姉さんは「は？」と言って、目を細めてクスッと笑った。

「あーら、もう紅椿家の奥様気取りなの？ 傷モノのあんたの立場なんて、いつどうなるかわかったものじゃないのに」

「……え？」

「知ってるわよ。吸血体質の椿鬼《つばきおに》だっけ？ あんた、あの皇國《こうこく》の鬼神の血袋にされているらしいじゃない」

血……袋……？

「ち、血袋だなんて嫌な言い方しないで。夜行様はただ血が必要なだけで……私のことだっていつも、辛《つら》くないか気遣《きづか》ってくださって……」

「あははっ。もしかしてあんた、紅椿夜行に大事にされてる……とでも思ってるぅ？　あんた、あの話、知らないんじゃない？」

「あの話……？」

私が聞き返すと、暁美姉さんは一層、意地の悪い笑みを浮かべた。

「紅椿家の椿鬼は代々、血袋の花嫁と、跡継ぎを産ませる花嫁は、別々に娶《めと》るそうよ」

「…………」

私は真顔のまま固まる。

そのような話は初めて聞いた。

私のその表情を見て、暁美姉さんは一層、勢いづいたような口調になる。

「ほら、やっぱり知らなかったんじゃない。さも紅椿家の花嫁のような顔してるけど、あんた、紅椿夜行の正妻じゃないのよ。血を吸われてる方は、側室」

「…………」

「変だと思っていたのよねぇ。五家のくせに傷モノを花嫁に迎えて、跡取りを産ませるなんて正気の沙汰《さた》じゃないって。だけど、血袋なら納得。ようは食料。家畜も同然よ」

ピカ……と外で雷光が走り、後から遅れてゴロゴロと鳴る。

暁美姉さんは身を乗り出し、私を上から見下ろしていた。


「哀《あわ》れねえ、菜々緒。あんた、ここでも人間扱いされなくて」


ザアザアと雨の音が聞こえる。ゴロゴロと、遠雷の音も。

だけど、ありとあらゆる音が遠ざかっていくような感覚に陥《おちい》る……

私が何も言えずにいると、客間の扉が開き、夜行様が現れた。

「失礼。客人がいると聞いたが……」

夜行様は、暁美姉さんがここに来ているのを確認した後、私の表情を見て少しハッとしていた。私はこの時、どんな顔をしていたのだろう。

「菜々緒?」

「夜行……さま……」

だけど、私より先に暁美姉さんが、

「紅椿家のご当主様！」

意地悪な表情をコロッと変えて、涙を浮かべて夜行様に駆け寄った。

「どうかお助けください！　わたくし、白蓮寺家を追い出されてしまったのです……っ」

「……はあ？」

泣きついてきた暁美姉さんを見て、夜行様はこれ以上なく怪訝《けげん》な表情をしていた。

暁美姉さんは袖《そで》で口元を隠しながらシクシク泣く。

「行き場がありません。しばらく、紅椿家に置いてはくださいませんか？」

「………………」

「わたくし、何だってしますから……っ」

暁美姉さんは元々、白蓮寺の里でも一番の美人と評判だった。暁美姉さんに憧《あこが》れていた里の男も多かったし、泣く姿は色っぽく、いつだって男性の心を揺さぶると思う。

だが、

「失礼だが、我が家にあなたを置いておく義理や利点は一つもない」

夜行様はどこまでも冷淡だった。まだ、この状況を測りかねているようでもある。

私はというとその光景をぼんやりと見ている。止めるでも、口を挟むでもなく。

「でも、でも。外は嵐ですし」

グシグシ泣く、暁美姉さん。

「そもそも、私と若様の関係を壊し、私が家を出ざるをえなくしたのは、そこの菜々緒ではないですか！」

「……は？」

「若様は、菜々緒をあなた様から取り戻し、正妻の座に据える気でいます。そのせいで、私は捨てられたのです。酷い、酷い……っ。私が居場所をなくしてしまったのは菜々緒がこれ見よがしにあの簪《かんざし》を見せつけ、若様を誑《たぶら》かしたせいですわ！」

「………………」

そして、わっと泣き崩れる暁美姉さん。

……どうして、そうなるの？

だって、そんなことを言われても、困る。勝手に虐げて、勝手に執着して、勝手に何もかも私のせいにされても、困る。

なのに言葉が一つも出てこない。

白蓮寺の人間の前だと、どうしても言葉を、殺されてしまう。

今の私の幸せを、再び、壊されそうになっているのに――

「そこで泣き崩れられても困る。ひとまず立て……」

「ねえ。紅椿夜行様」

暁美姉さんは、自分を立ち上がらせようとした夜行様の胸元にそっと手を当て、艶《つや》っぽい瞳《ひとみ》で夜行様を見上げる。

「わたくし、あなたが望むのであれば、あなたの子を産んでもいいと思っていますの」

私は真顔で黙ったまま、僅《わず》かにピクリと反応した。

「は？」

突拍子のない暁美姉さんの発言に、夜行様ですら困惑していた。

暁美姉さんは、それでも何か確信めいたものがある様子で、クスッと笑った。

「知っていますのよ。あなたが吸血体質の〝椿鬼〟だということ。花嫁選びに難儀していたこと。そして菜々緒は、血袋の花嫁。ようは紅椿家の〝側室〟だということ」

「…………」

「だったら紅椿家の跡継ぎを産む〝正妻〟が必要なはず。きっと今も、必死に探していらっしゃるのでしょう？　でもこの時代、紅椿家に見合う霊力のある花嫁を見つけるのも一苦労です。だって母体の霊力は、生まれてくる子の霊力に影響を与えてしまうのだから」

「…………」

「その点、わたくしは白蓮寺で二番目に霊力の高い娘ですもの。相手として不足はないはずです」

「夫と子のいるご婦人の発言とは思えないな」

「あら。どうせもうすぐ離縁されますもの。菜々緒のせいで」

暁美姉さんはあっけらかんと言う。

「それに、白蓮寺の若君の妻だったということが、わたくしの価値の裏付けですわ。たとえ離縁されても再婚の話はすぐに舞い込んでくるでしょうね。それほどに、霊力の高い娘は価値のある時代ですから」

暁美姉さんは、まるで「私を手に入れるのなら今のうち」とでも言わんばかりの表情だ。

しかし確かに、この時代、霊力が高く子を産める女性であれば、離縁後の再婚もそう珍しくはない。むしろ狙《ねら》い目というように、こぞって話が来ると聞いたこともある。

陰陽《おんみょう》五家はそれほど花嫁不足に悩まされている。後継ぎの霊力を維持し続けなければ、そのお役目を果たすことはできず、ゆくゆくは家の序列にも影響を与えるから。

「…………ほお」

夜行様は何を思ったのか、眉《まゆ》を開いてフッと笑う。

そして、自分に触れる暁美姉さんの腕をグイッと引っ張って、顔を近づけた。

「では、あなたが俺の正妻になってくれると？」

「あ……っ、は、はい。そういうことですわ！」

暁美姉さんは近い距離で夜行様の赤い瞳に見つめられ、うっとりとしつつ、少々興奮気味な上ずった声で返答をした。

「だって、菜々緒に後継ぎを産ませるのはちょっと……ねえ。生まれる子どもの血が穢れて、傷モノの子と差別されて、苦労するのが目に見えているもの」

「…………」

そんな暁美姉さんの言葉を聞いて、夜行様の目はどこまでも冷めていき「はあ」と大きくため息をつく。

「白蓮寺の連中は揃《そろ》いも揃って、世間知らずな無礼者ばかりなのか？」

「え？　……きゃっ」

夜行様は暁美姉さんを強めに払いのけると、スタスタと私の座るソファにやってくる。

隣に腰掛け、人形のようにちょこんと座って黙っている私の肩を抱き、顔を覗《のぞ》き込《こ》んだ。

「菜々緒。なぜ黙っている？　お前の旦那《だんな》が帰ったぞ」

「……おかえりなさいませ、夜行様」

「どうしてそんなに泣きそうな顔をしている。俺に怒っているのか？　それとも意地悪な従姉《いとこ》にいじめられたか？」

「な……っ！　意地悪な従姉だなんて、わたくしは何も！」

私たちの会話に割り込もうとした暁美姉さんを、夜行様はその赤い瞳で一瞥《いちべつ》した。

「夫婦の会話に口を挟むな、白蓮寺暁美。ギャーギャーうるさい女だな」

「……っ」

「俺は今、愛妻の菜々緒と話をしている」

夜行様の睨《にら》みに怯《ひる》んで、暁美姉さんは一時的に口をつぐんだ。

夜行様は、改めて私の顔を覗き込む。

「菜々緒。言いたいことがあるだろう？　昨日のように言ってみろ」

お前はもう言えるはずだ。そう、夜行様の瞳が訴えていた。

「わ、私……」

言いたいことならたくさんある。

暁美姉さんにも、若様にも――夜行様にも。

だけど、ただ一つだけ、全《すべ》ての気持ちを込めた願望を、わがままを、私は吐《は》き出《だ》す。

「私は、夜行様を、誰にも取られたくない……っ」

以前の私ならきっと言えなかった。願いも、わがままも、傷モノの自分が言ってはいけないと思っただろうから。

血袋の花嫁でいい。だけど、誰にも取られたくない。

暁美姉さんなんて、言語道断だ。

「菜々緒！　あんた、傷モノの分際で何を……っ」

「うるさい」

暁美姉さんの喚《わめ》き声を、私は遮《さえぎ》る。

「暁美姉さんこそ、ご自身のお立場をわきまえては？　若様に捨てられたということは、今のあなたは何者でもないのでしょう？」

「⁉」

立場や序列にこだわり、いつも上から目線で人を見下してきた暁美姉さんには、きっと堪《こた》える言葉だっただろう。

暁美姉さんもわかったはず。

すでに自分が、私よりずっと厳しい立場にいるということ。

「よく言った、菜々緒」

夜行様は私の頭をポンポンと撫《な》でる。

そして、暁美姉さんを横目で見て、鼻で笑った。

「お前、白蓮寺暁美といったか。自分をどれほどのものと思っているか知らんが、自信過剰もほどほどにしろ。見ていて恥ずかしくなってくる」

「え？」

「俺は菜々緒より霊力のある女は一人として見たことがないが、お前より霊力のある女は何人も知っている。要するに、お前と菜々緒の間には、とてつもない霊力の差があるということだ」

「……っ！」

暁美姉さんは顔を真っ赤にし、口をわなわなと震わせる。

霊力の差というのは、暁美姉さんの劣等感を強く刺激するものだったようだ。それを見抜いた夜行様は、あえてそこを強調したのだろう。

夜行様の口調も言動も、暁美姉さんへの怒りに染まっていく。

「俺の子を産んでもいい……だと？　なぜ俺が、惚《ほ》れてもなければ好みでもない、お前のような性悪女を抱いてやらねばならん。気色悪い」

「…………」

「しかも図々《ずうずう》しく正妻狙い。何様のつもりだ？　……ああ、もしかして、これは白蓮寺麗《れい》人《と》の仕掛けた罠《わな》なのか？　俺と菜々緒を引き裂くための、策略か？」

夜行様、顎《あご》に手を添えて本気でそれを疑い始める。

「それならば合点がいく。よもやこの世に、俺に向かって上から目線で娶らせてやると言ってくる、命知らずな女が存在するとは思えないからな」

夜行様は、暁美姉さんを小馬鹿《こばか》にしたようにフッと笑った。

暁美姉さんは散々な言われよう。カッと全身を真っ赤にさせて、いよいよ大噴火。

「偉そうに、偉そうに！　椿鬼なんていう化け物が偉そうに！」

「…………」

「傷モノを花嫁に選ぶしかなかったくせに！　私はずっと高嶺《たかね》の花だったわ！　傷モノなんかよりずっと――」

「黙れ。お前が菜々緒を傷モノと呼ぶな」

夜行様の冷たい一言に、暁美姉さんはゾッと青ざめ、口をつぐむ。

あやかしと対峙《たいじ》している時のような冷酷さや威圧感、殺気のようなものが、今の夜行様にはあった。

「いいだろう。お前にもわかるよう教えてやる。……なぜ俺が菜々緒を選んだのか」

そして夜行様は、私に向き直る。

さっきまでの冷たい雰囲気とは裏腹に、私を見つめる夜行様の目は優しい。

とても近い場所で見つめられ、私はどぎまぎしてしまった。

「や、夜行様？」

「もとより一目惚《ひとめぼ》れだった」

「……え……」

「しかし驚いたことに、毎日、お前に惚れていく。俺は確かに化け物かもしれないが、菜々緒はそんな俺を、唯一受け入れてくれた女だ。俺は、菜々緒が可愛《かわい》くて仕方がない」

さっきまでの機嫌の悪さは、どこへやら。

夜行様はその大きな手で私の頬に触れながら、自信に満ちた顔をして言うのだった。

「愛しているぞ、菜々緒」

第十二話

春雷（二）

私はゆっくりと、目を見開いた。

しばらく瞬《まばた》きすらできず、信じられないというような顔をしていたと思う。

そして、何を思ったか私は……自分の手を思い切りガブッと噛《か》んだ。

「⁉」

夜行《やこう》様、びっくり。

「な、な、何をしている⁉　菜々緒《ななお》。おま……っ」

「いたい……夢じゃない……」

「昨日だって、お前に愛情表現したつもりだったが⁉」

「でも、愛してる……なんて……初めて……っ」

私はそれ以上何も言えなくなって、感極まって、ポロポロと泣く。

その言葉は、もう二度と、誰にも言ってもらえないと思っていた。

夜行様がどんなに優しくても、心のどこかで、傷モノの私には永遠に手に入らない言葉だと思い込んでいた……

夜行様は「おいおい」と苦笑しつつ、私の手を取り、血の滲《にじ》むところを舐《な》めた。

それだけでは物足りなかったのか、ソファにゆっくりと押し倒しながら、夜行様は私の首筋に顔を埋《うず》めて、軽く吸血する。

「……あ……っ、夜行様……っ」

愛している。

その言葉の直後だからか、痛みより強い幸福感に襲われる。

私たちの様子を、暁美《あけみ》姉さんはあんぐりと口を開けて見ていた。

夜行様は起き上がり、血に濡《ぬ》れた口元を拭《ぬぐ》いつつ、スルッと首元の白いスカーフを取ると、横目で暁美姉さんを見た。

「すまないが、ここからは夫婦の時間だ。邪魔者はとっとと帰れ」

「んな……っ」

「お前も自分の旦那《だんな》に可愛《かわい》がってもらうといい。……ああ、離縁されそうだったか？ そうは言ってもお前の居場所はここにもない」

夜行様の、煽《あお》りに煽って小馬鹿《こばか》にするような言動を前に、暁美姉さんは激しく表情を歪《ゆが》めた。拳《こぶし》を強く握りしめて、顔を真っ赤にして、全身をブルブル震わせていた。

「何よ、それ……っ。客人を前に信じられない！ 菜々緒は傷モノなのに。血も汚れているのに。愛されない存在に、してやったはずなのに……っ」

「……してやった？」

私の傷口をスカーフで止血していた夜行様が、密《ひそ》かに笑みを浮かべたのを見た。

夜行様はソファに座り直して、足を組む。そしてどこからともなく煙管《きせる》を取り出し、フヨフヨと漂ってきた鬼火《おにび》に火をつけさせた。

私もそそくさと乱れた胸元を整えて、起き上がった。

「そうそう。白蓮寺《びゃくれんじ》暁美」

夜行様は、暁美姉さんを見据える。

「お前、菜々緒に〝血袋の花嫁〟だとか言ったようだな。紅椿《べにつばき》家の椿鬼《つばきおに》には、跡継ぎを産む正妻と、血を提供する側室、二人の花嫁がいた、と」

そこに露骨に反応したのは、私だった。

夜行様はそんな私をチラッと見た後、話を続ける。

「確かにそれは間違いではない。歴代の椿鬼には、二人の花嫁が用意された。理由は単純だ。一人の花嫁が二役をするようでは、身体《からだ》が保《も》たんからだ」

身体が……保たない……？

「だが、俺は菜々緒を娶《めと》る時に約束した。側室は取らない、と。要するに正妻は菜々緒で、それ以外の妻を娶る気はないということだ」

夜行様の話を聞いて、暁美姉さんも開き直ったかのように、向かいのソファにドカッと坐《すわ》り直す。そして髪を払いながら「はっ」と笑った。

「それって結局、菜々緒なんて酷使して、ズタボロになっていいってことじゃない」

「違うな。菜々緒の場合、霊力の高さも相まって、通常の吸血より少しの血を分けてもらうだけでいい。よって、身体への負担が少ないのだ」

霊力の高さ……という単語に、暁美姉さんがまた表情を歪めた。

夜行様が、私に向き直り、キラキラした格好いい顔で言い聞かせる。

「菜々緒には、俺の妻として二役をこなしてもらおうと思う。もちろん無茶はさせない。菜々緒の身体が一番大事だ。……俺も時々、我慢する」

最後のところだけ、ボソッと小声で。

正直なところ、私はまだ、何が何だかよくわかっていなかった。

だけど夜行様が、私を安心させるために言った言葉だということだけはわかっていたので、私は全《すべ》てを信じ切ったような目をして「はい、夜行様……っ」と答えた。

「……はあ。だったらもう、いいわ」

暁美姉さんは露骨なため息をついた後、また意地悪な顔をしてクスッと笑う。

「あの簪《かんざし》のせいで仲違《なかたが》いしてそうだったから、紅椿邸に居座って、関係をグチャグチャにしてやろうと思ったのに。でも、それはそれで壊し甲斐《がい》があるってものよ。菜々緒、あんたを絶対に幸せになんてさせな――」

「ああ、その簪のことだが」

夜行様は暁美姉さんの話をしれっと遮《さえぎ》り、懐《ふところ》から簪を取り出した。

若様から頂いた、例の簪だ。私は昨日のことを思い出しつつ首を傾《かし》げる。

「あの……夜行様。その簪、窓から投げ捨てたのでは？」

「あー。ちょっと気になることがあってな。今朝拾って、陰陽寮《おんみょうりょう》の本部で調べてきた」

「調べてきた？」

何を？　という顔をしていると、夜行様が説明してくれた。

「陰陽寮には、触れただけで、モノに宿る記憶を遡《さかのぼ》ることのできる鬼の式がいる。その能力を借りて、この簪に宿る記憶を暴《あば》いてきたのだ」

「それは、何のために……？」

夜行様は、これ見よがしに簪をかざし、意味深な笑みを浮かべた。

「かつて、この簪を使って菜々緒を陥れた人物がいる。それを炙《あぶ》り出《だ》すためだ」

「な……っ、そんなことできるわけ……っ」

私より先に暁美姉さんが反応し、彼女はハッとして口を手で押さえた。

私も、夜行様も、その反応を見逃さなかった。

「おやおや。顔色が悪いぞ白蓮寺暁美。犯人に心当たりがあるのか……？」

暁美姉さんは、ふいっと顔を背ける。

「そ、そんなの知るわけないでしょ！　結界の外に簪を投げ捨てた奴なんて」

「…………」

夜行様は苦笑する。

「白蓮寺暁美。俺は、この簪を使って菜々緒を陥れた人物がいると言っただけで、結界の外に簪を投げ捨てた奴《やつ》がいる……なんて一言も言ってないが？」

「――あっ」

暁美姉さんは、自分の失言に気がついたようだった。

私もまた、真顔で、その言葉の意味を考える。

夜行様はテーブルの上に簪を置き、暁美姉さんを強く睨《にら》みつけた。

「まあ、別にお前がボロを出さずとも、すでに調べはついている。この簪の記憶を辿《たど》れば、この簪を作った人間、買った人間、贈った人間、盗んだ人間……いつ何時、どこにこれが存在していたのかも、全てがわかるからな。要するに……俺はすでに犯人を知っているが、どうする？　白蓮寺暁美」

「………………」

「賢い白蓮寺家の若奥方であれば、下手な誤魔化《ごまか》しは身を滅ぼすことになるとわかっていると思うが？」

その言葉が決め手となったのか。暁美姉さんが、投げやりな声で叫んだ。

「～～～っ、そうよ！　私がやったのよ！」

そして、自分の胸に手を当てて、歪んだ笑みを浮かべて言う。

「私が菜々緒の簪を結界の外に投げて、菜々緒に取りに行かせた。だけどそれが何？　子どものイタズラよ。猩猩《しょうじょう》が菜々緒を攫《さら》っていったのは、ただの偶然だもの！」

「…………」

最初、私は暁美姉さんが、何を言っているのか理解できなかった。

そして徐々に体が震え始め、口元を手で覆《おお》う。

「暁美……姉さんが……結界の外に、簪を、投げたの？」

あの簪は、鳥か何かが咥《くわ》えて、偶然結界の外に持ち出されてしまったのだと思っていた。

それを取りに、結界の注連縄《しめなわ》の外に出たせいで……。

私は猩猩に攫われて、傷モノと蔑《さげす》まれ、生きることになったのだ。

「でも、簪を取りに行ったのは菜々緒自身じゃない！　私は悪くない！　私のせいにしないで！」

「…………」

「そうよ……っ！　あんたが何もかも悪いのよ！」

激昂《げきこう》した暁美姉さんは、感情的な声を張り上げる。

「あんたさえいなければ、私が一番だった！　あんたさえいなければ、私が選ばれた！　あんたさえいなければ、全部、私のものだった！　ズルい。ズルいのよ、あんた。高い霊力を持って生まれただけでちやほやされて。あんたさえいなければ、私は……っ」

暁美姉さんはテーブルに置かれた簪を鷲掴《わしつか》む。そして、

「私は、誰より幸せになれたのよ！」

迷いなくその先端を、私に向かって振り上げた。

私はとっさに目を閉じる。だが強く体を引き寄せられ、覆い被《かぶ》さるように私を守ってくれたのは夜行様だった。

「…………っ」

「……夜行……さま……？」

夜行様の肩から、血が、白いシャツに滲んでいく。

暁美姉さんの振り下ろした簪は、夜行様の肩に突き刺さったのだった。

「夜行様……っ！　血、血が……っ」

「慌てるな菜々緒。浅い傷だ。吸血の噛み傷の方がずっと深いくらいだ」

「でも、でも」

私が涙声でわあわあ言うので、夜行様が肩に刺さった簪を引き抜く。

そして、暁美姉さんを赤い瞳《ひとみ》で睨みつけながら、ゆっくりと立ち上がった。

その眼光は、鈍《にぶ》く煌《きら》めく。

「白蓮寺暁美。お前……此《こ》の期《ご》に及んで菜々緒を傷つけようとしたな。しかも忌々《いまいま》しい、この簪で」

「え……あ……」

暁美姉さんは、怒らせてはいけない人を、怒らせてしまった。

本人もそれを理解したのか、ゾッとした顔をして、その場にへタり込む。

夜行様は箸を投げ捨て、勢いよく刀を鞘《さや》から抜き取ると、暁美姉さんに向かって銀色に光る切っ先を突きつけた。

「お前、そんなに俺に斬《き》られたいのか？」

このままでは、本当に夜行様が、暁美姉さんを斬りかねない――

そんな、張り詰めた殺気と緊張感の中、

「夜行。ご婦人相手に、刀を差し向けるのはやめなさい」

客間の扉がゆっくりと開いて、私の知らない誰かが現れた。

格の高い皇國《こうこく》陰陽寮の制服を纏《まと》い、片側の目に眼帯をつけた、見知らぬ中年の男性だ。

背後に長髪の男の鬼と、室内なのに和傘をさした少女の鬼を従えている。

誰……？

「大和《やまと》男児たるもの、刀を向ける相手を間違えてはいかん。我々の相手は、皇都を脅かす悪鬼悪妖《あくよう》だぞ」

「…………チッ」

夜行様が素直に刀を引っ込め、鞘に納めた。

「この方は、いったい」

私は立ち上がり、夜行様にコソッと問いかける。

すると夜行様は「ああ」と答えて、バツの悪そうな顔をして言った。

「皇國陰陽寮の局長、紅椿夜一郎《べにつばきやいちろう》。……俺の親父《おやじ》だ」

「え？」

ということは……お、お、お義父様《とうさま》!?

「皇國陰陽寮の局長……ですって……っ!?」

暁美姉さんも、皇國陰陽寮の最高権力者たる〝局長〟の登場に、すっかり度肝を抜かれているようだった。

局長は後ろ手を組んだまま、

「白蓮寺夫人。ご存知ではなかったのかもしれないが、五行結界の外に人を追いやるのはこの大和皇國では重罪でね。子どものイタズラでは済まされない、悪質な行為だ」

「へ？」

「今の話が本当なら、詳しい話を聞かなければなるまい。白蓮寺家のご当主にも連絡しなければ。それに未遂とはいえ、我が紅椿家の花嫁に危害を加えようとしたのだ……」

「………」

「これを、見過ごすわけにもいくまい」

いつの間にか、紅椿家の鬼の式たちが暁美姉さんを取り囲んでいた。

そして、彼女をあやかしらしい冷たい瞳で見下ろしている。

暁美姉さんは、頬《ほお》にツー……と冷や汗を垂らして、カタカタと震え始める。

あの暁美姉さんがこんなに怯《おび》える姿を、私は初めて見た。

「さて。どうやら嵐《あらし》も去ったことだし、このまま陰陽寮本部までご同行願おうか。おやおや、腰を抜かして立てないのかね？　ならば、うちの百鬼たちに運ばせよう」

そして、多くの鬼に胴上げのごとく担ぎ上げられる暁美姉さん。

大嫌いなあやかしに触れられ、暁美姉さん、絶叫。

「い、いやあああああ！　あやかしっ！　あやかしが私に触るな、穢《けが》らわしい！　放せっ！　放してえええええええええっ！」

酷《ひど》く泣き叫んでいたが、鬼が相手では何もできず、そのまま部屋から連れ出された。

暁美姉さんの絶叫が遠ざかっていくのがわかる……

それを聞き終えた頃、局長はクルッと私の方を向くと、

「それでは菜々緒さん。また今度、ゆっくりと」

にこやかな笑顔を見せ、スタスタと早足で部屋を出ていった。

怒濤《どとう》の時間が過ぎ去って、私はハッとした。

「夜行様、傷の手当てをしなくては！」

「肩のこれか？　別に大したことないぞ」

「いけません……っ。手当て、させてください。お願いします、夜行様」

私がひたすらお願いするので、夜行様は観念して、私に手当てをさせてくれた。

上半身の衣服を脱いでもらうと、鍛《きた》え抜かれた肉体の上に、深く刻まれた無数の傷があって驚かされた。私の妖印《ようい ん》とは違うが、これもまた、あやかしから受けた傷には違いないだろう。

日頃から、どれほど危険な任務をこなし、傷を負っているのかがよくわかる。そのせいで、私はまた、ポロポロと泣いてしまった。

「ほら見ろ。泣き虫め」

「…………」

「どの傷も大したことない。お前の……傷に比べたら」

私はふるふると首を振り、涙を拭った。

そして薬箱を開け、傷口を消毒し薬を塗る。いつも、吸血後に夜行様がやってくれるのと、同じように。

自分が傷モノだからと、夜行様に触れることを躊躇《ためら》う気持ちも、もうなかった。

「ありがとうございます。ありがとうございます、夜行様」

そして私は、夜行様の肌に触れ、頰を寄せ、何度も何度もお礼を言った。

「夜行様は、化け物なんかじゃありません。夜行様は……っ」

だって、傷だらけになってまで多くの人間を救ってきた人が、化け物なんて呼ばれていいはずがないから。私のことを救い出し、身を挺《てい》して守ってくれた人が、そんな風に言われるのは許せないから。

夜行様は、声を詰まらせながら訴える私の手に触れる。

「菜々緒……。こんな形で、お前を陥れた人間を暴くことになるとは思わなかった。辛《つら》い思いをさせて、すまなかったな」

私はまた、強く首を振る。

「私は大丈夫です。ですがまさか暁美姉さんが、簪を結界の外に投げ捨てたなんて……」

いつも意地悪なことばかり言う従姉《いとこ》のお姉さんだったけれど、幼《おさな》い頃は、おどおどしてばかりの私を引っ張ってくれる、憧《あこが》れのお姉さんだった。私はそんな暁美姉さんの後ろに付いていってばかりで……

いつから、私たちはこうなってしまったのだろう。

許せないという感情と、どうしてという感情が、せめぎ合っている。

手当てを終えた夜行様は、再びソファに落ち着き、煙管を一服する。私もその隣にそっと腰掛けた。

「菜々緒は、結界の外に失《な》くした簪を取りに行って、猩猩に攫われたと言ったな。それは、人間が意図的に作り出した状況でなければ難しい」

夜行様は話を続けた。

「菜々緒を陥れる必要のある人間……それは、白蓮寺麗人《れいと》の婚約者候補たちだ。そして、お前が傷モノになって最も得をしたのは、あの白蓮寺暁美だった」

「…………」

「カマをかけてみたが、速攻で堂々と白状するとはな。つくづく残念な女だ」

私は大人しく話を聞いていたが、少し遅れて、話の違和感に気がつき、

「……へ？　カマ？」

と聞き返す。すると夜行様、私を見てニヤーと笑う。

「モ、モノの過去を見ることができる鬼の式がいるって……っ」

「別に間違いじゃない。それについては本部で親父に相談したばかりで、今夜、この紅椿邸で調べる予定だった。だからあのタイミングで親父が現れたわけだ。モノの過去を見ることのできる式は、親父の従えている、百目童子《ひゃくめどうじ》だけだからな」

百目童子。おそらく、局長のすぐ後ろにいた大柄《おおがら》の男の鬼の式のことだ。

「だが屋敷《やしき》に帰ってきたら、当の白蓮寺暁美がここに来ているというじゃないか。まさに、飛んで火にいる春の虫。いっそこの場で悪事を暴いてやろうと思ったのだ」

夜行様、らしい悪い顔をしていらっしゃる。

「あの女、菜々緒の霊力にえらく劣等感を抱いているようだったから、そこを執拗《しつよう》に突い

てやった。ああいう人間は、劣等感を突かれるとすぐにボロを出す。人間の争いごとの根本にあるのは、基本、嫉妬《しっと》だからな」

嫉妬……。暁美姉さんは確かにやってはいけないことをやったけれど、その感情だけは、私にも否定できないと思った。

「私も、少しだけ……嫉妬……しました」

「菜々緒？」

「暁美姉さんに、椿鬼の花嫁は、二人いると聞いて……」

たとえそれが、暁美姉さんではないとしても。

いつか、もう一人の花嫁が、本当に私の目の前に現れるのではないかと想像して、胸が張り裂けそうになった。

傷モノの私が、こんな贅沢《ぜいたく》を言ってはいけないと、わかっている。

血袋の花嫁であっても、たとえ側室だったとしても、あの状況から助け出してもらっただけで、私は十分、恵まれているのに……。

「だが、お前は俺を、誰にも取られたくないんだろう？」

「……はい」

「なぜ？」

夜行様が、少し意地悪な顔をして私の顔を覗《のぞ》き込《こ》む。

私は頬を染め、目を潤《うる》ませ、夜行様から視線を逸《そ》らしつつ……胸元でギュッと自分の手を握り、自分の恋心を目一杯、曝《さら》け出《だ》す。

「菜々緒が、夜行様に、恋をしてしまったからです……っ」

この気持ちを、夜行様に知ってほしかった。

夜行様はニッと笑って、私をゆっくりと抱きしめ、耳元で囁《ささや》いた。

「なら、お前は何も心配しなくていい。俺の花嫁は、菜々緒だけだ」

裏　白蓮寺暁美、陰陽寮の房にて。

白蓮寺の若様が、皇國陰陽寮の本部の地下にある、暗い房を訪ねてきた。

そして私、白蓮寺暁美と面会し、早々に告げたのだった。

「暁美。まさかお前が、菜々緒を陥れ、猩猩に攫わせた張本人だったとはな」

「…………」

ガッ、と若様が房の格子を摑む。

「お前がそんなことしなければ、私は菜々緒と結ばれていた!」

若様の激しい怒りが、言葉から伝わってくる。

その冷たい眼差《まなざ》しには、妻であるはずの私への、強い嫌悪と殺意が漲《みなぎ》っていた。

「お前とは正式に離縁が決まった。これは本家の総意だ。娘の琴美《ことみ》にも一生会わせない」

「な……っ⁉　そんな!」

離縁はとうに覚悟していた。だが、娘にまで会えなくなるとは思わなかった私は、

「それだけは、お許しください!　琴美に会わせて!」

格子越しに、若様に泣いて縋《すが》って、懇願《こんがん》する。

「……何を言う。そもそもお前、琴美を置いて紅椿邸に行き、あの皇國の鬼神に色目を使ったそうじゃないか」

「え?　えーっと……」

「離縁のあかつきには紅椿家の跡取りを産んでやってもいい……などと言ったらしいな」

「そ、それは〜」

「今更、琴美の母親ぶるな！　琴美の怪我《けが》も、琴美の霊力が低いのも、全部お前のせいだ！」

「…………」

「白蓮寺家にお前の帰ってくるところはないと思え！」

若様の声が響き渡る。

若様は、完全に私を見限り、切り捨てるつもりなのだ。

「まあ……安心しろ。お前と違って心優しい菜々緒は、きっと琴美のことも可愛がってくれる。そして……霊力の高い立派な男子を、白蓮寺の跡取りを産んでくれるだろう」

それこそが肝心だと言うように、若様は微笑《ほほえ》みながら私に告げた。そしてここから立ち去ろうとする。

若様はまだ菜々緒を諦《あきら》めていないのだ。私は思わず、笑ってしまった。

「……ふふ。あはははっ！　バカな若様」

若様は立ち止まって、振り返る。

私はというと、さっきから笑いが止まらない。

「菜々緒の心はもう、皇國の鬼神のモノなのに。若様のことなんて、何とも思ってなさそうでしたわよぉ？　あの簪も紅椿夜行が持っていたし」

「……何？」

若様が露骨に反応した。若様は、あの簪を菜々緒が大事に持っていたから、今もまだ菜々緒が自分を想《おも》っていると信じている。

そう。若様が菜々緒の誕生日に贈った、あの簪……

若様は結局、私には何も贈ってくれなかったわね。

「ふふ。だけど菜々緒は流されやすい娘だから、強引に迫れば、若様にもまだ勝機はあるかもしれませんね。あの男だって、強引に、菜々緒の血を奪っているのだから」

「………」

「私、吸血というものをこの目で見ました。美しくもおぞましい光景でしたわ。このままだとあの子、血をぜーんぶ吸い尽くされて、早死にするんじゃないかしら」

私はあえて、若様を煽るような言葉で伝えた。

こいつらの関係が、欲望と愛情が、執着と憎悪が、もうどうしようもないほどドロドロに、ぐちゃぐちゃに乱れてしまえばいい。

菜々緒。菜々緒。

結局、菜々緒。

霊力が高いというだけで、一番に求められる菜々緒が妬《ねた》ましい。

傷モノにしてやったのに、あんな風に愛される、菜々緒が羨《うらや》ましい。

だからお前を、絶対に、幸せになんかさせない。

裏

白蓮寺麗人、菜々緒を取り戻すために。

陰陽寮の房で暁美に離縁を言い渡した後、私、白蓮寺麗人は皇都にある白蓮寺邸に戻った。自室であるものを手に取り、それを静かに眺《なが》めている。

「……菜々緒……」

それは、かつて菜々緒が白蓮寺の里でつけていた、猿面だ。

この猿面は白蓮寺家に置いていかれたものだが、私はそれを密かに持ち続け、この猿面に施された〝呪術《じゆじゆつ》〟を調べていたのだった。

傷モノの菜々緒には、この猿面をつけるよう本家より命令が出ていた。

この猿面には菜々緒の妖印から流れる猩猩の妖気を抑え込む効果があり、菜々緒は人前では猿面で顔を隠し、声を発することのないよう、きつく言いつけられていたのだった。

そしてこの猿面をつけた菜々緒を、私も、人以下の何かだと認識するようになっていた。

それもそのはず。この猿面には猩猩の妖気を抑え込む以外に、私個人に対する暗示も秘められていたのだった。

「菜々緒に対し、嫌悪感を抱く……暗示」

おそらく本家の父と母、ご隠居様が、私と菜々緒の関係を断ち切るために、そのような暗示をかけたのだろう。傷モノの菜々緒と、次期当主の私が、結ばれてしまわないように。

このような呪術や暗示の類いは、陰陽五家に名を連ねる白蓮寺家の得意とするところだ。

そう。だから……

「私が菜々緒を拒絶し続けたのは、この猿面のせいだ」

私は暗示にかかっていただけ。

本心から、菜々緒を拒絶していたわけではない。

その証拠に、菜々緒の猿面が外れた瞬間から、私は菜々緒への想いを思い出し、彼女のことばかりを考えるようになった。

菜々緒にこのことを知ってもらえれば、きっと菜々緒は、私への誤解を解くだろう。

もとより、私たちは想い合っていた許嫁《いいなずけ》同士だ。あの簪を大事に持っていたのだから、菜々緒は今も私のことを想ってくれているはず。

菜々緒をあの男から取り戻したあかつきには、暁美の代わりに私の正妻に据えるつもりだ。本家の人間が何を言おうと知ったことではない。私と菜々緒の間に、霊力の高い男子の跡取りさえ生まれれば、誰も文句は言えなくなる。だが、

『バカな若様。菜々緒の心はもう、皇國の鬼神のモノなのに』

暁美の言った言葉が気になる。

菜々緒は私のことを想ってくれているはずだが、紅椿夜行にそそのかされ、一時的にその心を奪われてしまっている可能性がある。ならば……

「菜々緒の心を、取り戻さなければ」

何としてでも、あの男から菜々緒を取り戻さなければならない。あの男に日々生き血を吸い続けられているのなら、菜々緒の命が危ないからだ。

何より、あの男に菜々緒の全てが奪われているという事実が、我慢ならない。

菜々緒は、私のものだったはずなのに。

「……菜々緒」

ゆらゆらと、部屋の隅《すみ》の行灯《あんどん》の炎が揺れている。

しばらくずっと、瞬《まばた》きもせず猿面を見つめていたが、やがて手に筆を持ち、猿面の内側に貼《は》り付《つ》けた札に上書きするように、白蓮寺の呪術を施す。

たとえ、この猿面を再び菜々緒に被《かぶ》せることになっても——

私は必ず菜々緒を取り戻す。

第十三話　この傷だらけの結婚に祝福を

「改めまして、菜々緒《なお》さん。私は夜行《やこう》の父、紅椿夜一郎《べにつばきやいちろう》と申します。我が家の花嫁にご挨拶《あいさつ》が遅くなり申し訳ない」

「いえ。滅相《めっそう》もございません。菜々緒と申します……っ」

この日、私は皇國陰陽寮《こうこくおんみょうりょう》の本部に来ていた。

局長室にて紅椿夜一郎様と対面し、改めてご挨拶したところだ。

「何しろ、それなりに忙しい身で、屋敷《やしき》にほとんど戻れなくてね。ハッハッハ」

「クソ親父《おやじ》め。自分《てめえ》は休日でも本部に巣食っているだろうが」

「おや夜行。新婚ホヤホヤの尊い時期を、父に邪魔されたいというのかね？」

そう。この方は夜行様のお父上で、私にとっても、これから義理の父となるお方だ。

恰幅《かっぷく》が良く、眼帯をつけていて、強面《こわもて》。

巷《ちまた》では皇國陰陽寮の〝鬼の局長〟と呼ばれ恐れられている……と聞いたことがある。

その見た目も相まって緊張してしまったけれど、話をするととても優しく、柔和な空気を持つ人だとわかった。

そういうところは、少し夜行様に似ているかもしれない。

「聞いたところによると、夜行が菜々緒さんに一目《ひとめ》惚《ぼ》れして、白蓮寺《びゃくれんじ》家から強引に連れて帰ってきたそうじゃないか。それで白蓮寺の若君が、君を連れ戻したがっていると。更にはあちらの若奥様もご乱心、と。いやはや、罪な大和撫子《やまとなでしこ》だ」

夜一郎様は「ハハハ」と笑った。夜行様は少々苛《いら》ついた表情で、

「何を言うか。あいつらは菜々緒を散々痛めつけ、虐げていた。それに俺は正当な手続きでかなりの額の結納金《ゆいのうきん》を支払った。今更、菜々緒を返せと言うあちらがおかしいのだ」

「まあまあ、落ち着け夜行。お前は本当に、いくつになっても血気盛《さか》んで困る。大和男児たるもの、落ち着きと強《したた》かさが肝心だ」

「……チッ。何が大和男児だ」

「今回の一件もあって、白蓮寺家も無茶なことはできまい。しばらく大人しくしているだろう。菜々緒さん、安心してくれていいからね」

「は、はい」

私は少しホッとしていた。

暁美《あけみ》姉さんの一件があって、白蓮寺家の若様がどう動くのか気になっていたからだ。

「それと、夜行。お前の言っていた式の日取りだが、私からも陰陽大神宮に掛け合っている。黒条《こくじょう》家に嫁《とつ》いだ長女の小夜子《さよこ》も手を回してくれているようだ。しばし待て。あちらの都合もあるのでな」

「……わかっている」

夜行様は素《そ》っ気《け》なくも、素直に答えた。

式の日取り……

ま、まさか……結婚式は陰陽大神宮で執り行うということ？

私が一人静かに混乱していると、夜一郎様はそんな私を見て、

「我が家の花嫁の晴れ姿が楽しみだ」

と言って、ニコッと笑いかけてくださった。そして改めて夜行様に視線を向ける。

「夜行、少し席を外してくれないか」

「は？」

「菜々緒さんに、私から伝えなければならない話があるのでね」

「………」

夜行様は何か言いたげだったが、私が「大丈夫ですよ」と言うと、しぶしぶ部屋を出ていった。あの夜行様でも、お父様の言葉には逆《さか》らえないのだなあ。

私はというと、夜行様がいなくなり、義父となる方と二人きりで緊張が高まった。

「さて。菜々緒さんには、これを返さねばと思っていてね」

夜一郎様は局長室の机の引き出しから、あるものを取り出した。

それは細長い箱で、最初こそ何なのだろうかと思ったけれど、夜一郎様が箱を開けた途端に、ハッとする。

箱に収められていたのは、私がかつて若様に貰《もら》った、銀製の簪《かんざし》だった。

「すでにこの簪の調査は終わっている。君がどこで猩猩《しょうじょう》に攫《さら》われたのかがわかったし、

白蓮寺暁美の罪状を確定するのにも役立った。君にとっては因縁《いんねん》深いものかもしれないが、一応返しておこうと思う。いらなければ夜行に預けてもいいし、紅椿邸の庭に埋めてくれてもいい」

「…………」

夜一郎様が差し出すそれを、私は受け取った。

まだ、これをどうしたいかはわからない……ひとまずそっと胸元に仕舞い込んだ。

「ところで菜々緒さんは、我が家の〝椿鬼《つばきおに》〟についてはすでにご存知かね」

「は、はい」

私はパッと顔を上げる。

「そうか。ならば夜行の吸血に、毎晩、耐えていることだろう。そこのところは、本当に申し訳なく思う」

「…………」

私は首を振った。夜一郎様は大きな窓から外を眺《なが》め、後ろ手を組む。

「夜行は、歴代でも椿鬼の体質を強く引き継いでしまった特異な存在だ。皇國の鬼神と呼ばれるほどの力を持っているのは、そのためだ」

「……はい」

「椿鬼にとっての血は、人間にとっての飲み水と同じ。定期的に体に取り入れなければ、喉《のど》の渇きに耐えられず死んでしまう。しかもそれは、陰《いん》の霊力を持つ女性の血でなければならず、紅椿家では、いつしか花嫁のつとめとなった」

その話を聞いて、私はふと気になった。

「……あの。今まで、夜行様はいったい、どなたの血を？」

夜一郎様は、少しだけ憂《うれ》いある目をした。

「椿鬼は血の花嫁が現れるまで、基本的には自分を産んだ母の血を吸う。しかしあれの母は吸血を受け入れられず、夜行を毛嫌いし遠ざけていた。夜行はその体質のせいで、生まれた時から母に疎《うと》まれてきたのだ」

「……え……」

「しかし無理もない。生まれて間もない我が子が、血を求めて嚙《か》み付《つ》くなど……得体の知れない化け物に見えただろうからな」

「…………」

「だが夜行とて、好きで椿鬼に生まれたのではない。これは紅椿家の抱《かか》える呪《のろ》い。吸血の本能には抗《あらが》えないのだ」

私は口元に手を当て、視線を落とす。

夜行様に、そんな過去があったなんて知らなかった。

だけど、確かに……初めて吸血された日、驚いて泣いてしまった私を見て夜行様は悲しげに言っていた。この体質のせいで、自分の下を去った人間もいた、と。

「幸い、陰陽医療の発展に伴い病院から血を分けてもらうことができた。理解のある一族の女性たちからも順番に血を提供してもらい、夜行はここまで生きてきた。今後、菜々緒さんが心身共に辛《つら》い時には、代わりの血を用意することもできる。無理はしなくていい」

「…………」

「ただ、それでもあいつには必要だったのだろう。血を……愛情とともに分け与えてくれる花嫁が」

血を、愛情とともに……

私はしばらく黙り込み、その言葉の意味を考える。

そして胸元でギュッと手を握りしめ、

「……ご存知だと思いますが、私は、あやかしに妖印《ようい ん》を刻まれた傷モノです」

確かにそれを、自分の口で告げた。夜一郎様はゆっくりと私の方を見る。

「もちろん聞いている。それに伴う、君の身の上も」

「夜行様は、傷モノである私を、あの地獄のような境遇から救い出してくださいました。穢《けが》れたこの身を、必要だと……そう言ってくださいました」

初めて吸血された時の、あの、歓喜に打ち震えるような感覚を今もまだ覚えている。

「私にも必要だったのです。夜行様という、私の全《すべ》てを肯定してくれる人が」

吸血の痛みよりずっと、必要とされることが嬉《うれ》しくて嬉しくてたまらなかった。

今なら理解できる。

私と夜行様にしかわかり合えない、異端ゆえの孤独。心の傷。

だから夜行様は私を見つけてくれた。

だから私たちは、お互いを受け入れられたのだ。

「傷モノの女性に対する差別は、今もまだ根強いものがある。あやかしによって土地を奪われ、脅かされ続けたこの国の、あやかしに対する恐怖や嫌悪感がそれを助長させるのだ」

「……はい」

「だが、紅椿家はそれでも君を歓迎する。夜行の全てを受け入れられる女性は、本当に少ない。何より夜行が……君に心底惚《ほ》れている」

夜一郎様は私に向き直る。

「君が夜行を受け入れてくれるのであれば、夜行はきっと君を一生守るだろう。あいつはそういう男だ。少し横柄なところがあるが、我が息子ながら、一途《いちず》な大和男児でね」

そして、

「これからも、夜行のことを頼みます」

夜一郎様は一人の子の父として、私に頭を下げたのだった。

「はい。私も……」

泣きそうになるのを堪《こら》えながら、私もまた紅椿家の花嫁として、深く頭を下げた。

「ふつつかものですが、どうぞ、よろしくお願いいたします」


私は夜一郎様との話を終えて局長室を出た。そして廊下でずっと、夜行様を捜してオロオロとしている。

夜行様、どこに行っちゃったのかしら……

「あれが紅椿家に嫁いだという、白蓮寺の……」

「噂《うわさ》では、妖印を刻まれているとか」

ヒソヒソと声がする。夜行様と同じ、陰陽寮の制服の人たちの視線が痛い。

人目を避けるよう、無意識のうちに人気《ひとけ》のない廊下を選んで進んでしまっていたのだろうか。いつしか私は、誰もいない廊下を歩いていた。

「や、夜行様～……」

ここはどこだろう。どうして誰もいないのだろう。

完全に迷子なので、涙目になって心細い思いをしていた。早く夜行様に会いたい……

その時ふと、覚えのある白木蓮《はくもくれん》のお香の香りが、後方より鼻腔《びこう》を掠《かす》めた。

その香りは白蓮寺の里で嫌というほど嗅《か》いできた香りで、私はその香りから、ある人物を連想した。そして、嫌な予感とともに、振り返る。

「…………え……」

背後にはいつの間にか人がいて、私はドッと、大きな怖気《おぞけ》に支配される。

そこに立っていたのは白蓮寺家の若様──白蓮寺麗人《れいと》様だった。

「……菜々緒……」

若様は瞬《まばた》きもせず私を見下ろしていた。その瞳《ひとみ》は異様な熱を帯びている。

どうして。どうして若様がここに……っ。

できればもう、この人には二度と会いたくなかったのに──

とにかく若様から離れなければ。何を措《お》いてでも、この人から逃げなければ。

私は震えて覚束《おぼつか》ない足を何とか動かし、ここから逃げ出そうとした。

「待て。菜々緒！」

しかし若様は逃げようとする私の腕を強く掴《つか》み、周囲を一度確認した後、

「な……っ、若様⁉」

何を思ったのか、そのまま近くの部屋に私を引っ張り込んだのだ。

その部屋は無人の応接間のようで、私は若様によって壁際に追いやられる。逃げ場を奪

われた私は、酷《ひど》く青ざめ、混乱していた。

「若様⁉　何を……っ」

「話を聞いてくれ、菜々緒！　頼む、頼む。お前と二人きりで話せる機会をうかがっていた。お前が今日、この陰陽寮に来ると知って、私は……っ」

それはつまり、私をどこからかつけていたということ？

私はますます青ざめてしまったが、若様は苦しそうな表情で、私の肩を強く摑んで一方的に訴え続ける。

「暁美のことは聞いた。暁美は私の正妻になるため、あの簪を結界の外に投げ捨て、お前に取りに行かせたのだ、と。そのせいでお前は猩猩に攫われてしまったのだ、と。暁美があんな、卑劣な女だったとは……っ」

「…………」

若様は、何だか全て暁美姉さんが悪いように言って、一人勝手に怒っている。

「安心しろ、菜々緒。暁美とは正式に離縁し、白蓮寺家からも破門する。だからもう何も心配はいらない」

心配はいらない？

「あ、あの……何が？」

「お前は、私の正妻になれるということだ」

若様は真っ当に微笑《ほほえ》んだつもりかもしれないが、その笑みは余裕がなく、私には歪《ゆが》んで見えた。若様の言葉や表情に強い恐怖を感じ、私の体は小刻みに震えてくる。

紅椿邸での暁美姉さんの騒動があったから、白蓮寺家はしばらく大人しくしているだろうと聞いていた。だから安心してしまっていた。

まさか、陰陽寮の本部でこんなことになるなんて……とても嫌な予感がする。目眩《めまい》もしてくる。

若様の目がギラギラしていて怖い。本能的に、この状況は良くないとわかっている。だから何とかして、ここから逃げないと。

「暁美があんなことをしなければ、お前は私と結ばれていた。お前は元来、私の許嫁《いいなずけ》だったのだから……っ！」

一方で、若様の声音《こわね》がどんどん熱を帯びていく。

「白蓮寺家に戻ってこい、菜々緒！　今度はお前を絶対に離しはしない。紅椿夜行の下《もと》にいるより、ずっと、幸せな花嫁にしてやる！」

若様は私を壁に押しつけ、体を寄せて顔を掴む。

「若様……っ、やめ……っ」

強い恐怖と、とてつもない嫌悪感がこみ上げてきて、私は呼吸を荒らげながら、若様の胸を押して叫んだ。

「やめて！　私に、触らないで！」

そして、若様を遠ざけるために、私は——

「!?」

ポタ……ポタ……と。

私の唇《くちびる》から零《こぼ》れ落ちる血を前に、若様の顔はサーッと青ざめ、即座に私から離れた。

そう。私は自らの唇を強く噛んだのだ。

若様の反応は予想どおりで、私は心底安堵《あんど》した。

「……ほら。若様はまだ、私を汚いと思ってる」

私は額をゴシゴシと手で拭《ぬぐ》う。

そしてバッと自分の前髪を上げて『×』と刻まれた〝妖印〟を晒《さら》す。

この生々しい傷を、匂《にお》いを、若様に思い出させるために。

「今の私は、薬を飲んで妖印の妖気を抑え込み、傷も化粧で隠しているだけ。そういう、私が生きていける方法を教えてくれたのは、夜行様だけ……っ」

「…………」

「若様は、私の綺麗《きれい》に整ったところだけを見て、何もかも忘れた気でいるのでしょう。ですがこの傷を見れば、きっと若様は私への嫌悪感を思い出す。そしたら……あなたはまた、私を〝猿臭い〟と言うに決まっている……っ！」

私が毅然《きぜん》とした態度で言うので、若様が言葉を失っていた。彼が呆然《ぼうぜん》としている間に、私は若様の横を走り抜け、この部屋の扉に手を伸ばす。

しかし取っ手に触れようとした瞬間、バチッと手が痺《しび》れて弾《はじ》かれた。

結界⁉ どうして……っ。

「開くものか」

背後から私に近づく、若様の声がする。

「五行結界を編み出した陰陽五家。その一角を担う私が、この部屋に結界を張ることもできないと？」

ガッと、私は後ろから髪を摑まれ、そのまま強く引っぱられた。

「いた……っ」

「猿臭い？ ああ、猿臭いとも。その妖印と穢れた血から、嫌というほど醜悪なあやかしの妖気が臭《にお》ってくる……」

髪を引いたまま、後ろから若様が、私の顔を覗《のぞ》き込《こ》む。

それは見たことのない、若様の形相だった。

「それでもお前を、愛してやると言っているのに。正妻の座を、お前のために空けてやったというのに！」

「……っ、やめて、離して！」

嫌だ。怖い。気持ち悪い。

一方的な強い執着の感情に、身の毛がよだつ。

夜行様以外の男の人に、そんな気持ちをぶつけられたくない。

「どうして今更！　私を傷モノと言って、遠ざけたのは若様なのに！」

「違う！」

若様は苦しそうな声で叫ぶ。背中から私を痛いほど抱きしめ、必死に訴えた。

「猿面だ！　あの猿面には猩猩の妖気を封じる以外に、白蓮寺の呪術《じゅじゅつ》がかけられていた！　私個人に対する、暗示の呪術だ！」

「え……」

「私が、あの猿面をつけた者を嫌悪し拒絶するように、と。そういう暗示がかかっていたのだ。白蓮寺の呪術は人の意識を操作することができる」

暗……示……？

「白蓮寺の次期当主である私が、傷モノのお前に情を残したままではいけないと、父上と母上がやったのだ。だが私の目の前で猿面が外れたことで、その暗示も解けた。信じてくれ、菜々緒。本当の私は、今もお前を想《おも》っている……っ」

「…………」

そうか。本家の旦那《だんな》様と奥様が、あんなにも必死に、私に猿面をつけることを徹底させた理由がわかった。

だけど……

「だから何だというのですか。あなたが初めて私に『猿臭い』と言った日、私はまだ猿面をつけていなかったはずです」

「⁉」

あの日、私の恋心は、一度死んだ。

若様はすっかり忘れているのかもしれないが、私はちゃんと覚えている。

あの日聞いた、あの言葉は、きっと若様の本心だった。

「無理です。私はあの言葉を……地獄を絶対に忘れない。忘れたくても忘れられない」

「……な、菜々緒」

「絶対に、絶対にあなたの元には戻らない。私は……っ、紅椿夜行様の妻です！」

私は強い口調で、はっきりと断言した。それを聞いてか、背中から抱きしめる若様の腕の力が弱まった気がした。

やっとわかってくれたのか、と安堵したのも束《つか》の間《ま》。

「――っ、きゃあ！」

若様は私を乱暴に引き倒し、身動きできないよう組み敷いた。体を打ち付けた痛みに、私はしばらく悶《もだ》えてしまう。

「もういい。ならば何もかも忘れさせてやる。辛い過去のことも、あの男のことも」

若様は羽織《はおり》の内側から、スッと何かを取り出した。

私はそれを見た途端、呼吸が一瞬止まったような心地がして、反射的に体が震える。

——猿面。

それは白蓮寺家に置いてきたはずの、私を人間以下の存在に貶《おとし》めた、あの猿面だった。

「白蓮寺には、人の意識に暗示をかける呪術がある、と言っただろう」

若様はそう言いながら、私の顔に猿面を近づけた。

「や……やめ……」

「それに今日は、お前の十八の誕生日だ。おめでとう菜々緒。四年前の今日に、記憶を巻き戻すといい。目が覚めた時には、かつての素直で愛らしかった菜々緒のように、私のことを慕《した》ってくれている。……お前は長い悪夢を見ていただけだ」

「いや。嫌だ……っ」

若様は、嫌がる私の顔に、その猿面を無理やり押し付けた。

恐怖のあまり呼吸が乱れ、面の内側から吸い込んだのは、懐《なつ》かしい白木蓮の香。

里で育った木蓮の木を使って、この猿面は作られている。術をかけるには呪詛《じゅそ》が記されたお札《ふだ》を内側に貼《は》り付《つ》けて、香を焚《た》きつける必要がある。

若様は私の耳元で、何か呪文《じゅもん》を唱えている。

ゆっくり、ゆっくり、ゆっくりと……私に暗示がかかっていく。

強制的な眠気の中で、ぐるぐると、別の意思が私を支配しようとしているのがわかる。

若様に「猿臭い」と言われたこと。

暁美姉さんに「どうして生きていられるの？」と言われたこと。

猿面をつけられ、顔と声を封じられたこと……

本家の人々に折檻《せっかん》を受け痛みに苦しんだこと、里の人々に虐げられ苦しい日々を強《し》いられたこと。それらの辛い記憶が薄らいでいく。

ここで全て忘れられたら、確かに私は、過去の記憶に苦しむこともなく幸せになれるのかもしれない。

だけど同時に、こんな傷だらけの私だからこそ〝私〟を見つけてくれた、夜行様への恋心が封じられていく。

「……夜行……様……」

嫌だ。嫌だ。

夜行様への恋心を忘れたくない。

死にかけていた私の心に灯《とも》った、この宝物のような気持ちを奪われたくない。

私はあの日、確かに猿面を取り外したはずだ。

あの人に手を差し伸べられ、あの場所から救い出されたはずだ。

だから、過去の辛い出来事を忘れられなくても、たとえ〝傷〟が治らなくても構わない。

「…………」

若様は私に猿面を押し付け、呪文を唱えるのに夢中で気がついていない。私が密《ひそ》かに自分の胸元を探り、そこから銀の簪を取り出したことを。

それを強く握りしめ、私は——

「うわあああっ！」

簪の尖《とが》ったところが若様の二の腕に突き刺さり、若様は悲鳴を上げながら私から飛びのき、腕を押さえて悶えていた。

私が上体を起こすと、猿面がスルリと顔から滑《すべ》り落《お》ちる。

「はあ、はあ、はあ」

私は簪を、今もまだ強く握りしめている。強く握りしめすぎて手が大きく震えていた。

四年前の今日、若様に貰《もら》ったこの簪。傷モノの私の全ての始まり。呪い。

歯を食いしばり、その簪を——今度は自分の腕の柔らかいところに突き刺した。

「……っ！」

痛い。傷口から血が流れる。だけどこの痛みのおかげで暗示が解けて、頭も心も冴《さ》えていくのがわかる。

もう、されるがままの自分なんて、嫌だ。

自分の運命を、他者にばかり弄《もてあそ》ばれるのは嫌だ。

私は私の尊厳と、人間らしい生き方と、それを教えてくれた夜行様への想いを守らなければならない。

白蓮寺と決別しなければならない。戦わなくてはならない。それができない、弱い自分は死んだのだ。

自分の人生を、やっと見つけた幸せを、こんな人に奪われてなるものか。

奪われてなるものか、奪われてなるものか。

あの時、私を「猿臭い」と言って見捨てた、こんな男に――

「菜々緒、お前……っ、よくも……っ！」

激昂《げきこう》した若様が、その形相を恐ろしいものに変え、片腕で私の胸ぐらに摑みかかり、その勢いで再び私を押し倒す。

「よくも私に逆らったな、菜々緒！」

若様が私に手を上げようとしたその時、扉を蹴《け》るような音が響き、

「そこまでだ。白蓮寺麗人」

若様の後ろから、その首元に突きつけられる刀があった。

若様はハッとして振り返り、嚙み潰《つぶ》すような声で、その名を唱えた。

「……紅椿……夜行……っ」

夜行様は、若様越しにぐったりとし、唇や腕から血を流す私を見る。

夜行様の赤い双眸《そうぼう》は、強い怒りと殺気に満ちていく。

「白蓮寺麗人。貴様……どこまで菜々緒を虐げれば気がすむ……」

「……っ」

「もううんざりだ！　白蓮寺暁美といいお前といい、クズどもがこぞって菜々緒の心の傷を増やす。菜々緒に傷をつけていいのは、俺だけなのに」

夜行様は若様の襟を摑んで私から引《ひ》き剝《は》がし、改めてその喉元《のどもと》に刀を突きつける。切っ先が若様の首に触れて、薄く血の線ができていた。

「このまま首を落とす」

夜行様がそう宣言した時、若様は一瞬にして戦慄《せんりつ》した。

数多くのあやかしを斬《き》ってきた者の、強い殺気を帯びたこの一言が、若様に死の想像でもさせてしまったのだろうか。

「そ、そんなことしたら……お前だってタダでは……わ、私は白蓮寺家の次期当主だぞ」

そう言いながらも、若様の声は震えていた。

「知るか。お前のような暴漢は、皇都を襲う悪鬼悪妖と変わらん」

「……っ、皇國の……鬼神め……っ」

鈍色《にびいろ》に光る刀の鋭さ、鬼のような赤い瞳を前に、若様は身動きもとれずにいる。

その一方で、若様を見る夜行様の目は、暁美姉さんの時よりずっと本気だった。

このままでは、本当に夜行様が若様を斬りかねない……

「夜行……様……いけません……」

私の声に、ハッとする夜行様。

冷静さを取り戻したのか、夜行様は一度刀を鞘《さや》に納めた。しかし、ホッと安堵する若様の襟を摑んで持ち上げ、その顔面を思い切り殴る。

親にも殴られたことのない若様、「ぶべ」と鳴いて見事に吹っ飛ぶ。

そんな若様を、鬼の前鬼《ぜんき》さんが背後から拘束し床に押し倒した。

若様は鼻血を垂らしながら「ひっ！　鬼が私に触れるな！」と典型的な白蓮寺らしい反応をしていた。前鬼さんは愉快そうにケタケタ笑っている。

夜行様はそれらを無視して、すぐに私に駆け寄り、私を抱き起こす。

「菜々緒、大丈夫か!?　お前の血の匂いを辿《たど》ってきたのだ！」

「だ、大丈夫です。唇を噛んだのも腕を刺したのも、自分を守るためで……っ」

「……」

「こんなの全然、平気です。私だって紅椿の花嫁ですもの。それに……夜行様が助けに来てくれたから……っ」

強がったことを言いながら、ポロポロと涙が零《こぼ》れる。

私の唇の傷や、腕の傷、震える手で強く握りしめる簪を見て、夜行様は私の、、、戦いの全てを察してくれたようだった。自分のスカーフを外して、私の腕の傷を強く縛る。

「菜々緒……」

ゆっくりと、だけど力強く、私の全てを包み込むように抱きしめてくれる。

その腕の中に、私は確かに、自分の安心できる居場所を見出《みいだ》していた。

「よく頑張ったな、菜々緒。お前は確かに立派な紅椿の花嫁だ。自慢の……我が妻だ」

「はい……夜行様……っ」

そして夜行様は、愛《いと》おしそうな切なげな目をして、私の血濡《ぬ》れた唇に、自分の唇を重ねた。流れる血を、すくい取るように、優しく。

ああ……

私の英雄。私の旦那様《だんなさま》。

私を救ってくれるのは、いつも夜行様だ。

「少し待っていろ。すぐにあのケダモノを片付ける」

夜行様はそう言って、一度私から離れて、拘束されている若様の前にスタスタと行く。

そのまま若様の頭部を、ガツンと音が鳴るほど踏みつけた。

「で、お前。我が妻にこんなことをして、どう落とし前をつけるつもりだ？」

グリグリと、床にその頭を擦《なす》り付《つ》けながら。

「紅椿夜行。貴様こそ……っ、私を足蹴《あしげ》にしてタダで済むと思うな！　白蓮寺が本気を出せば紅椿など……っ」

「ほお。……で？」

「お前から菜々緒を取り戻すことなど容易だ！　菜々緒は元々白蓮寺の娘だからな！　お前のような吸血鬼に奪われ続けるくらいなら、私の妻になった方が菜々緒のためだ！」

若様はまだそんなことを喚《わめ》いている。

夜行様もピクリと眉《まゆ》を動かし、心底軽蔑《けいべつ》するような眼差《まなざ》しで若様を見下ろした。

「お前、本当に救いようのない独《ひと》りよがりな男だな。お前に菜々緒の何がわかる。あの簪を持っていた理由を、一つも知らないお前が……」

「そ……っ、そんなのは当然、菜々緒がずっと私を想って」

「ふざ……っ」

「ふざけないで！」

夜行様が言おうとした言葉を、私が重ねる形で叫んだ。

「自分勝手なことばかり言わないで！　勘違いしないで！　私は若様のことなんて何とも思ってない！　むしろ、猛烈に気持ち悪い……っ。ひたすらに大っっ嫌いよ！」

あの簪を、若様に向かってベシッと投げつける。

何かが吹っ切れたように感情を爆発させた私を見て、若様は当然、夜行様もかなり驚いていた。

「な、菜々緒……？」

私は荒れる息と興奮を抑えつつ、青い顔をした若様を睨《にら》みながら、毅然《きぜん》として言った。

「私がお慕いするのは夜行様だけ。私が愛しているのは夜行様だけ。夜行様は出会ってから一度も……私を〝傷モノ〟なんて呼ばなかったもの」

それが全て。

それこそが、私を一人の人間として見つめてくれていた、証《あかし》だ。

人間としての生き方を、必要とされることの喜びを、教えてくれた人。そんな人がこの世にいてくれたことが奇跡だと思う。

「私には、夜行様がいてくれれば、それでいい」

「…………」

「菜々緒の人生に、あなたはいらない」

この一言に、私の中にあった若様への、積もり積もった感情を、全て込めた。

若様は、表情と言葉をすっかり失ってしまった。まるでかつての、猿面をつけさせられていた私のようだ。

バタバタバタ……廊下を走る足音が聞こえてくる。騒ぎを聞きつけてやってきた陰陽寮の隊員たちで、夜行様はその者たちに命じる。

「白蓮寺麗人を、白蓮寺暁美の隣の房にでもぶち込んどけ」

「なっ！　私は陰陽五家の一角、白蓮寺家の次期当主だぞ！　房に入れるなど！　ふ、ふざけるな！　放せ！」

若様は憤慨《ふんがい》して叫んでいたが、数人の隊員に引きずられる形でこの部屋から連れ出される。その際、

「菜々緒！　無理強《むりじ》いしてすまなかった。だが信じてくれ！　私はお前を助け出そうとしただけで……っ、本当に、お前のことを愛していて……っ」

「…………」

「菜々緒！」

若様がまだ喚いているけれど、私の心にはもう、何も響かない。

その声も、私を見る眼差しも、心底どうでも良《い》い。

私は夜行様の腕に抱かれながら、連行される若様を、ひたすら無の表情で見ていた。


その後、陰陽寮病院で、腕と唇の傷の治療を受けた。

幸い唇の傷も薬が沁《し》みただけで大したことはなかったし、腕の傷もそんなに深くなく、神経を傷つけるようなこともなかった。

ただし、無茶をしすぎだと翠天宮《すいてんぐう》先生にお叱《しか》りを受けてしまった……

「本当にすまなかった、菜々緒」

陰陽寮病院を出て、大通りの桜並木を歩きながら、夜行様が私に謝った。

「俺がどうでもいい呼び出しに応じたばかりに、お前を一人にしてしまった。そのせいであの野郎に……あんな危険な目にあわせてしまって……っ。ああ、自分が不甲斐《ふがい》ない！」

さっきからずっと、夜行様はこの調子だ。

いつも自信満々で余裕があるのに、今回ばかりは後悔に苛《さいな》まれている。

「そんな。夜行様はお仕事の途中でしたし。私も一人でうろうろしてしまいました。本当に、迂闊《うかつ》でした」

「いいや、菜々緒は何も悪くない。あのクソ親父め……っ。白蓮寺麗人が本部に来ているなら俺に言っとくだろ、普通！」

夜行様だって、まさか陰陽寮の本部であんなことが起きるなんて思わなかったのだろう。

私だって今もまだ信じられない。

あの思慮深い若様が、あのような行動に出るなんて。あんな表情をして、あんな目をして、衝動にかられて……私を必死に取り戻そうとするなんて。

かつて憧《あこが》れていた若様。そんな若様に抱いた、猛烈な嫌悪の感情。

そういうものに私はとても疲れていた。

私の様子に気がついてか、夜行様がポンと頭に手を置く。

「今日は疲れただろう。いつもなら病院帰りに喫茶店に寄るところだが、今日のところは真《ま》っ直《す》ぐ帰ろう。お前も怪我《けが》をしているし……」

それを聞いた私はパッと顔を上げ「そんな、嫌です！」と言う。

「嫌って、お前」

「だって、喫茶店に行きたいです、私」

私は、いつも病院帰りに夜行様が連れていってくれる喫茶店が、大好きだった。

こんな日こそ、夜行様と心落ち着くあの場所に行って、今ある幸せを噛みしめたい。

だって、今日は……

「それに怪我したのは利き腕じゃありません。このくらいの怪我、夜行様の噛み傷に比べたら大したことないです」

「お前も、言うようになったな」

「……あ。でも私、珈琲《コーヒー》はまだ苦くて飲めません」

「お前はプリンでも食ってろ。アイスクリームでもいいぞ」

「あいすくりーむ⁇」

「気になるか？　甘くて冷たいぞ。ああ、でも唇の傷に沁みるかもしれないな」

「沁みても食べます。だって私、今日は十八の誕生日ですもの」

「…………」

「夜行様？」

「おい。おいおい初耳だぞ。そんな大切なことは、もっと早く言え。盛大に祝ってやりたかったのに、何も用意できなかったじゃないか……っ」

「ふふっ。いいのです。かけがえのないものは、もう頂きましたから」


ヒラヒラ、ハラハラと。

太陽の光に透けた桜の花びらが、盛大に散っている。

桜吹雪に見送られ、私と夜行様は言葉を交《か》わしながら、共に歩く。

まるで皇都の春が、この傷だらけの結婚を祝福してくれているかのようだ。

裏　紅椿夜一郎、毒を食らわば皿まで。

局長の執務室の窓から、散りゆく桜の並木を見下ろしている。

先ほど、陰陽寮本部の中で起きた騒動の報告を受けたばかりだ。

「それで、夜行様の見初めた花嫁はいかがでしょうね。夜一郎様」

顔に〝百目〟と書いた紙を貼《は》った鬼の式神が、問いかける。

この私、皇國陰陽寮局長・紅椿夜一郎は、懐《ふところ》から異国の葉巻を取り出しつつ、

「愛らしい、いい子じゃないかね。夜行の趣味は悪くない。白蓮寺の若君が、菜々緒さんへの恋慕に溺《おぼ》れて自滅してしまったのもわかる。ワハハ」

漂う鬼火《おにび》に葉巻の火をつけさせて、一服する。

「それに見ただけでわかった。極めて高い霊力を宿した娘だ。紅椿家にとってこれ以上ない花嫁だろう」

「……傷モノであっても？」

「傷モノを否定すれば、我が家の椿鬼もまた否定される。もとより呪われた一族だ」

毒を食らわば皿まで。

我が一族は、ずっとそうやって、異端や穢れ、毒を取り込んできた。

「それにしても白蓮寺は驕《おご》ったな。あれほどの霊力を持つ娘を虐げ、みすみす我が家に寄《よ》越《こ》してくれるとは」

「ゆえに、今になって取り返そうとしたのでは？」

「返すものかね。だから手を打った」

「…………」

陰陽五家の序列四位——白蓮寺家。

元々白蓮寺家は、五家の嫁不足にかこつけて、霊力の高い娘を高額な結納金で売りつけて、間者《かんじゃ》のようなことをさせているという黒い噂があった。

どうやら花嫁を使い、裏で五家をコントロールし、ゆくゆくは序列一位に成り上がろうとしていたようだ。今回、菜々緒さんが皇國陰陽寮に訪れるという情報も、この手の花嫁たちの情報網を使って知ったのだろう。

まあ、すでに足取りは摑んでいる。そのために流した情報だ……

要するに、田舎者《いなかもの》が調子に乗っていたので、どこかでお灸《きゅう》を据えねばと思っていたところだ。

「白蓮寺暁美の一件もそうだが、次期当主であった白蓮寺麗人の暴走は、白蓮寺家にとっては大きな痛手であろう。ことは陰陽寮の本部で起こり、目撃者も多数いるのだから。何より紅椿家の花嫁に手を出そうとしたのだから、白蓮寺はその信用と評判を著《いちじる》しく落とすことになる。五家の序列の変動も、あるかもしれないな」

「……それを見越して、この本部で菜々緒様を一人きりにしたので？　白蓮寺麗人が来ていると知りながら？　彼に菜々緒様の後を追わせるために？」

「さて。それは、どうだか」

とぼける私に、百目はその紙面の向こうでため息をついた。

「はあああ～。我が主《あるじ》ながら呆《あき》れます。菜々緒様を囮《おとり》のようにして。万が一のことがあったらどうするおつもりだったのですか。紅椿家の大事な花嫁ですのに」

「何、大事には至らないよう、ちゃんと隠形《おんぎょう》の式を見張りにつけていた」

「ですが、お怪我をされたと聞きました。菜々緒様は何でも、自らにかけられた暗示を解くため、あの簪で自らの腕を刺したのだとか」

「ハハハ！　見事なものじゃないかね！　温室育ちの娘には、決して真似《まね》できない芸当だ。ますます紅椿家にふさわしい」

「…………」

「それにきっと夜行が助けに行くと思っていたよ。あいつは鼻がいいから」

まあ……

少し試してみたかった、というのもある。

今後、紅椿家を継ぐ男とその花嫁が、真に皇國の未来を背負うにふさわしいのかどうか。

「この皇國は、開国を機に……人とあやかしとが、大きく争った」

その結果、双方に多くの犠牲を出し、この国の大半の土地をあやかしどもに奪われ、人間たちは各地に点々とある結界の内側でしか、まともに生活できなくなっていった。

更には年々、何の因果《いんが》か、霊力の高い娘が生まれづらくなっている。これは人間側の未来に、強い陰りが見えているということでもある。

しかしこのような時代に、夜行のような歴代最強の椿鬼と、類を見ない高い霊力を持つ菜々緒さんが出会ったのは、何か、特別な意味があるのかもしれない……

私は窓辺に寄っていき、散りゆく桜を見下ろしながら、葉巻の煙を吐《は》いた。

春の嵐《あらし》が桜の季節を終わらせて、新緑の美しい、次の季節に向かわせる。

「であるならば、若い夫婦にはこのくらいの障害や試練があった方がいい。そうは思わんかね？　その分、強い愛が育《はぐく》まれる。もとより傷を舐《な》め合う結婚だ」

「…………」

「それに、蝶《ちょう》よ花よと育てられたような、痛みを知らない娘は我が一族には合わんだろう。私は自分の失敗を踏まえ、そう思うわけであって〜」

「あんたね。夜行様が知ったら、殺されますよ」

「まあ一発殴られるくらいなら……」

この傷だらけの結婚に、祝福を。
私はこれでも、夜行と菜々緒さんの結婚を、全面的に応援しているつもりだ。

第十四話

菜《な》々《な》緒《お》と夜《や》行《こう》

あの事件よりひと月。

私は変わらず、皇都の高台に佇《たたず》む紅椿邸《べにつばきてい》で生活していた。

「夜行《やこう》様、夜行様。起きてください」

「んー」

私はここでの生活にも慣れてきて、今朝も早朝から朝餉《あさげ》を拵《こしら》え、夜行様を起こしに来たところだ。

しかし夜行様、いくら名前を呼んで揺すっても、なかなか起きてくれない。

「起きてください、夜行様。おはようございます。朝餉の時間ですよ」

「んー。菜々緒《ななお》……おはよう……」

おはようと言いつつも、私の腰にギューとしがみついて寝ぼけ眼《まなこ》の夜行様。

「もう、夜行様ったら。汽車の時間に間に合いませんよ？　今日は菜々緒に、海を見せてくれるのではなかったですか？」

夜行様は朝に弱い。夜遅くまでお務めしているのもあるけれど、これは椿鬼《つばきおに》の体質でもあるらしい。

いつもは皇國《こうこく》の鬼神と恐れられ、私からすれば頼り甲斐《がい》のある立派な殿方なのだけれど、朝だけは隙《すき》だらけで、私にもこんな風に、甘えたところを見せてくれる。

そんな夜行様が何だかとても愛《いと》おしく、可愛《かわい》らしく、私だって本当はもっと甘やかしてあげたいと思う。だけどいつまでも寝ているわけにはいかないので、こういう時は、夜行様の黒髪を撫《な》でながら、耳元で囁《ささや》く。

「夜行様が起きないなら、私、一人でお出かけしますよ」

「それはダメだ」

夜行様、ガバッと起き上がる。すっかり目覚めてしまったようだ。

「菜々緒を一人で外出させるわけにはいかん。攫《さら》われてしまう」

「では、お顔を洗って朝餉を召し上がって、お出かけの準備をいたしましょう」

「……わかった」

素直にコクンと頷《うなず》き、私に従う夜行様。夜行様はとても心配性で、私が一人で外出しようとすると気が気じゃないらしい。あの一件から、余計に過保護だ。

私もそこを逆手《さかて》にとって、こんな風に夜行様を起こしたりする。

そんな私と夜行様の様子を、少し遠くから見守っていた後鬼《ごき》さんと前鬼《ぜんき》さんが、しみじみ言っているのが聞こえてきた。

「最近、菜々緒様は、夜行様の扱い方をよくご存知で」

「こうやって、旦那《だんな》を手のひらで転がす〝かかあ天下〟になっていくわけだ……」

お出かけの準備ということで、私は生まれて初めて洋服というものを身に纏《まと》う。

これは夜行様が、私の十八の誕生日の贈り物として、用意してくださったものだ。

「こ、これが、洋服……」

まさか自分が、一生のうちに一度でも洋服を着る日が来るなんて思わなかった。

上半身には、ヒラヒラのついた上質な白のブラウス。細めの黒のリボンを襟に通して飾っているのが素敵だ。下半身には、上品な青緑色のスカート。着物と違って裾《すそ》に広がりがあり可愛らしい。だけど風通しがよくて心もとない気もする。

髪は半上げにして赤いリボンで結い、巷《ちまた》の女学生たちの間で流行《はや》りの茶色の編み上げブーツを履く。何だか全体的に着られている感じもあるけれど……

「まあ、とてもお似合いですよ、菜々緒様。まるで西洋人形のよう。菜々緒様はお顔立ちがはっきりしていて、お目目もぱっちりしていますから、きっとお似合いになるだろうと思っていました」

後鬼さんは上機嫌だ。着物を着付ける時にも増して、私を褒めてくれる。

「そ、そうでしょうか？　何だか緊張します」

「うふふ。洋服はハイカラ中のハイカラですからね！　しかもこちらは、夜行様が奮発して手に入れた人気の一点もの。きっと街中の女性たちに、羨望《せんぼう》の眼差《まなざ》しを向けられてしまうことでしょう」

ハイカラ中のハイカラ……

後鬼さんの言うとおり、確かに女性なら誰もが憧《あこが》れる装いだろう。皇都の中心部に出かけると、洋服店のショーウィンドウの前で新しい衣装を見つめ、うっとりしている若い女性たちを必ず見るもの。

私だって、流行りの洋服には心ときめかないと言うと、嘘《うそ》になるし……ブーツも最初は心配したけれど、皇都の女学生がこぞって履くのもわかるくらい、慣れるととても歩きやすい。ちょっと洋館の廊下を歩いただけで馴染《なじ》んできた。

「おお、菜々緒の洋服姿は、かなり新鮮だな」

「夜行様！」

ちょうど夜行様が書斎から出てきた。私はちょこちょこと駆け寄る。

「可愛らしいじゃないか。似合っているぞ、菜々緒」

「あ、ありがとうございます。夜行様に頂いた誕生日の贈り物なので、その、大切に着ます。洋装の夜行様と、並んで歩けることも嬉《うれ》しいです……っ」

顔をポッと赤らめ、指をツンツンしながら言う。

「あはは。そのうち、紅椿夫人としてドレスを纏い、宮殿の晩餐会《ばんさんかい》に出かけないといけない日がくる。今のうちから洋装に慣れておくのも悪くないだろう」

「え……」

どれす？　ばんさんかい⁇

聞きなれない単語が並び、あらゆる不安が頭をよぎった。

「夜行様、菜々緒様。馬車の準備が整ってるよ」

その時、顔に「猫」と書かれた紙を貼《は》った女中さんが私たちを呼びにきた。

この女中さんは文字どおり「猫《ねこ》」さんという名前の式で、この屋敷《やしき》では珍しい化け猫のあやかしなのだと聞いたことがある。主に洋館の掃除や雑務を任されているのだとか。

私はまだ少し距離感があるのだけれど、時々お世話になることがある。小柄《こがら》でおさげで、性格がさっぱりしていて、確かに女中の格好をしているのだけど声は明らかに男の子……という不思議な式。

こんな風に、紅椿邸で働く式たちの個性が、私にも少しずつ見え始めている。

だけど、きっと、私はまだ紅椿家の式たちに心の底から認めてもらっているわけではないと思う。そういう視線を時々感じることがあるから。

紅椿の菜々緒は、まだまだ始まったばかり。これから私は、紅椿家のことを多く学び、仕える式たちともしっかりした関係を築いていかなければならないのだ。

夜行様や、後鬼さん（とついでに前鬼さん）に頼りきりではなく、この家に馴染《なじ》んで、紅椿家の花嫁として、しっかり役目を果たしていけるように……

夜行様は私の肩を抱いて、

「さあ、行こうか、菜々緒」

と私を促《うなが》し、紅椿邸を出る。

以前、夜行様が約束してくれたとおり、私は生まれて初めて海を見に行くのだ。


ゴトンゴトン……ゴトンゴトン……

皇都から港町まで、黒くて長くてとても立派な蒸気機関車に乗って、ゴトゴトと揺られながらゆく。

夜行様と私の席は個室になっていて、二人きりで列車の移動を楽しむことができた。

「わあ……見てください、夜行様！　景色がすごい速さで移動しています」

ちょうど、新緑の季節だ。

通り過ぎていく景色の中には、生命力に溢《あふ》れた青々とした木々があふれ、田植えをしたばかりの田園の風景を拝むことができる。どんなに美しい光景でも一瞬にして通り過ぎていくのだけれど、それでもまた、次の新しい、知らない景色に出会うのだった。

こんな風に、車窓からめくるめく景色ばかりを見ている。生まれて初めて乗る汽車の中で、私は何だか子どもみたいにそわそわとしていて、ずっと興奮気味だった。

そんな私を、夜行様は苦笑しつつ見守ってくれていたのだけれど、駅で買ったお弁当を食べて少しばかり落ち着いた頃、夜行様が真面目《まじめ》な顔をして、私に言う。

「菜々緒。少しあの後のことを、お前に知らせておきたい」

「……？」

夜行様が語り始めたのは、あれからの経緯だ。

そう。嵐《あらし》のごとく、様々な事件を巻き起こした暁美《あけみ》姉さんと若様のこと——

夜行様曰《いわ》く、二人は陰陽寮《おんみょうりょう》の隣り合った房にぶち込まれ、ずっと格子越しに醜《みにく》い言い争い……もとい、最後の夫婦喧嘩《げんか》とやらを繰り広げていたらしい。

しかし数日後には白蓮寺《びゃくれんじ》本家によって多額の保釈金が支払われ、若様のみが釈放され、里に連れ戻されたのだとか。すでに若様との離縁が決定していた暁美姉さんには保釈金が支払われることはなく、今もまだ房にいるとか、何とか……

白蓮寺本家は二度とこのようなことがないよう、若様にはしばらく監視をつけて里からは出さないようにするのだとか。

若様を連れ戻す際、あちらのご隠居様とご当主様が皇都までやってきて、夜一郎《やいちろう》様と夜行様に謝罪し、深く頭を下げた、とのことだった。特にご隠居様は、若様の暴走の兆《きざ》しを感じていたのに止めることができなかった、と嘆いていたそうだ……

それでも白蓮寺家の信頼の回復は難しい。この少し後に開かれた陰陽五家の会議で、今回の一件を含め、例の白蓮寺の花嫁に纏《まつ》わる黒い噂《うわさ》も表沙汰《おもてざた》になることとなり、他の四家から白蓮寺家に対する不満の声が次々に上がったらしい。

さらにはこの話が宮中の帝《みかど》の知るところとなり、白蓮寺家は五家から降格される運びとなったのだった。変わって別の一族が五家に加わるらしい。

それを聞いて、私は少し胸のつかえが取れたような、安堵《あんど》したような……スッとした心地になった。

きっともう、二度と、白蓮寺の里に戻ることはない。

あの人たちと関《かか》わることはないのだ、と思えたから。


「……わあ……っ」

皇都から蒸気機関車で行くことのできる、潮風ふく港町・横濱《よこはま》。

夜行様に買ってもらったレースの日傘を差し、ブラウスの襟と、スカートと長い黒髪を風になびかせながら、私はただただ、その広大な海を目の前にして圧倒されていた。

「これが、海……凄《すご》い……っ」

初めてこの目で海を見た瞬間の感動は、想像よりもとても静かで、だけど確かに胸に迫る、言葉にできない驚きと興奮があった。夜行様がそんな私を見てフッと微笑《ほほえ》む。

「菜々緒は山育ちで、海とは無縁で暮らしてきただろうからな。海はお前の想像どおりだったか？」

「想像なんて簡単に超えてしまいました！　海がこんなに大きくて、キラキラしているなんて……知らなかった。ずっと見てみたかったんです」

涙腺《るいせん》の弱い私は、この海を見ただけで感動してしまって、すでに涙ぐんでいた。

川や湖とも違う、雄大な海。

ずっと昔、父から聞いた話をもとに様々な空想を巡らせていたけれど、波の音も、潮風の香りも、海鳥の鳴き声も、全《すべ》てが私の想像を超えていた。

海の真上にある空は、今まで見た空の中で一番青い気がする。

海も空も、どこまでも、どこまでも続いているのだろう。

きっと異国の地まで。この世の果てまで……

「!?」

ボーッと鳴り響く大きな汽笛の音に、私はびっくりして飛び上がった。

港には異国の巨大な客船が停泊しており、人々が多く乗り込んでいるのが見える。見送る人々もたくさんいて、手や帽子を振ったりしている。

「あれが、噂の客船ですか？」

「ああ。あれは英國《えいこく》に向かうやつだな。船に乗って、人々はこの国と異国を旅するのだ。俺の末の妹も今ちょうど英國の学校に留学している」

「妹君が⁉」

そんな話は初耳で、私はまた驚いて飛び上がる。

私はまだお会いしたことはないけれど、夜行様には、上に兄君が一人、下に妹君が二人いらっしゃる。しかしまさか、末の妹君は異国に留学していらっしゃるなんて。

女性の身で異国にまで行こうと思うところに、確かな紅椿の血を感じるのだった。

「なんだ、菜々緒も船に乗って、見知らぬ異国に行ってみたいのか？」

夜行様が、客船を熱心に見ていた私の顔を覗《のぞ》き込《こ》む。

私は少し考えてふるふると首を振る。

「いいえ。今はまだ、この国にいたいです。私は夜行様と共に過ごす紅椿邸が好きですし、この皇國も、私にとってはまだまだ知らないことばかりなのです」

夜行様は予想外なことを聞いたような、キョトンとした顔をしていた。

その顔が面白くて、私はクスクス笑ってしまう。

「だって、皇都もこの港町も、未知なるもので溢れています。あんなに大きな乗り物も、生まれて初めて見ましたし」

そう言って、私は客船を指差す。

「お前、さっき汽車に乗った時もそう言ってたぞ」

「ふふ。仕方ありません。初めてが、どんどん塗り変わっていくのです」

「………」

「菜々緒は、本当に、知らないことばかりです」

白蓮寺の里を出て、夜行様に嫁《とつ》いで、初めてのことや知らないことに多く触れた。

外の世界は広い。私はまだ、私の人生を歩み始めたばかりだと痛感する。

だからこそ、時々ふと怖くなる。あの日、夜行様に見つけてもらえなかったら、私はあの閉鎖的な山里の中で、どうなっていたのだろう、と。

今もまだ、猿面をつけた、物言わぬ傷モノだっただろうか。

それともすでに、あの簪《かんざし》で、自分の全てを終わらせていただろうか……。

「ふん。このくらいで満足されちゃ困る」

夜行様はそう言いながら、私の前を歩く。私はハッとして顔をあげる。

「お前はまだまだ楽しいことを知るだろう。美味《うま》いものを食ったり、好きな服を着たり、行きたい場所に行って、やりたいことを試したり……」

「………」

「きっと、お前が今想像しているよりもずっと、素晴らしい人生が待っている」

夜行様は立ち止まる。そして私に向き直る。

「なぜならお前は、この皇國で、一番幸せな花嫁になるからだ」

この時の、夜行様の自信に満ち溢れた不敵な笑み、その美しい赤い瞳《ひとみ》は、私の心を簡単に奪っていく。胸を締め付けるこの恋心は、私が生きていくための希望であり、道標だ。

あなたの一言一言が、いつも私を救ってくれる。

そして私も、猿面をつけられ、何も言えなかった頃とは違う。

「夜行様」

再び前を行く夜行様を呼び止めると、夜行様は「ん？」と振り返ってくれる。

ギュッと日傘を握りしめ、私は……

笑顔と涙を浮かべて、夜行様に精一杯の感謝の言葉を紡いだのだった。

「菜々緒を見つけてくれて、ありがとうございます」

あとがき

こんにちは。友麻碧です。

はじめましてという方も、いつもお世話になっておりますという方もいらっしゃるかと思います。この度は小説版『傷モノの花嫁』をお手に取っていただきまして誠にありがとうございました。

まず、こちらは友麻が原作を担当しております『傷モノの花嫁　虐げられた私が、皇國の鬼神に見初められた理由』という漫画作品の小説版になります。

ややこしいのですが、始まりは漫画として立ち上がった企画、という感じです。

漫画版は藤丸豆ノ介《ふじまるまめのすけ》先生の描くバチバチに格好いい夜行と健気《けなげ》でかわいい菜々緒の恋模様など、少女漫画の醍醐味《だいごみ》を美麗な画《え》で堪能《たんのう》できます。実は和製吸血鬼ものなので、そういうシーンとか……ね。ぜひ漫画で見ていただきたいものです。

で、ぶっちゃけ漫画版が震えるほど好調なので……小説版とか必要……？　なんて思ったりもしたのですが、友麻は曲がりなりにも小説家であります。歴代作品のように文字でこの物語を楽しみたい方もいらっしゃるかもですので、小説版も出させていただきました。

小説ならではと言いますか、世界観などの説明を充実させておりますので、よりもっとこの世界を知りたい、楽しみたいという方にオススメです。

漫画版とは微妙に違うシーンがあったり、そもそも漫画版にはないエピソードもございますので、ぜひぜひ両方楽しんでいただけますと幸いです。

さて。友麻にとってこの作品は初の漫画原作であり、更には自称〝十周年記念作品〟でございました。

小説家としては十年やってきたので、良くも悪くも作り方に慣れたところが出てきていたのですが、漫画原作に至っては新人も新人……。コミカライズとは訳が違うぞと思いまして、漫画編集さんにしっかりご指導いただき、漫画の型、少女漫画の様式美を自分にぶち込んでから企画を立て、ストーリーを考えました。とにかく現在の王道や流行にとことん向き合おう、ついていこうと、自分の中でそういう目標を立てて挑んだ作品でした。

大変恵まれたことに『浅草鬼嫁日記』のコミカライズでご一緒していた藤丸豆ノ介先生にキャラデザと作画を担当していただきまして、とてつもない漫画作品が爆誕しました。

もしこの小説版から漫画版に興味を持った方がいらっしゃいましたら、巻末に試し読みもございますので、ぜひ参考にしていただけますと幸いです。

漫画版の単行本1巻は、今月末（十月三十日）発売となります！


小説の担当編集さま。

まずは何より、友麻を漫画編集さんと繋《つな》いでくださり本当にありがとうございました。おかげさまで念願の漫画原作の勉強をさせていただいております。まだまだ未熟ではあるのですが、小説と漫画の違いなど気がついたこともたくさんあり、実りある作品となりました。小説版も頑張ってまいりますので、引き続きよろしくお願いいたします。

イラストレーターの榊《さかき》空也《くうや》先生。

榊先生のイラストにはずっと憧れがあり、いつか自分の作品の装丁イラストをお願いしたいと思っておりました。今回担当していただき、完成したカバーイラストを見た時の衝撃と感動は忘れられません。しっとりと美しく、それでいて色鮮やかな夜行と菜々緒を描いてくださり本当にありがとうございました！

そして、読者の皆さま。

小説版『傷モノの花嫁』をお手に取っていただき誠にありがとうございました。パンチの利いたタイトルではありますが、この「傷」には三つの意味があったりします。

菜々緒の額に刻まれた妖印の「傷」。

菜々緒の心身の「傷」。

そして夜行の吸血による「傷」。

菜々緒と夜行の「傷」だらけの結婚は始まったばかりです。大きな山場を一つ乗り越えましたが、まだまだ控えている謎もございます。

今後とも二人の、結婚から始まる恋物語を見守っていただけますと幸いです。

そして漫画版も小説版も、引き続きどうぞよろしくお願いいたします！

友麻　碧

本書は書き下ろしです。

傷《きず》モノの花《はな》嫁《よめ》

虐《しいた》げられた私《わたし》が、
皇國《こうこく》の鬼神《きしん》に
見初《みそ》められた理由《りゆう》

【原作】友麻 碧
【漫画】藤丸 豆ノ介

コミック冒頭を
特別収録

小説版とはまた違う美しさの世界を
ぜひ覗いてみてください！

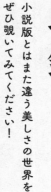

――あの日《ひ》
私《わたし》の心《こころ》は死《し》んでしまった

若様《わかさま》　若様《わかさま》
若様《わかさま》は　いつか菜々緒《ななお》をお嫁《よめ》にしてくださるのですか？
お前《まえ》が　十五になったらね
菜々緒《なな》は私《わたし》の許嫁《いいなずけ》だから
では　若様《わかさま》
若様《わかさま》は……
菜々緒《なお》のことが好《す》きですか
もちろん
菜々緒《なお》は私《わたし》の許嫁《いいなずけ》だからね

そうだ
これをあげよう
白木蓮《はくもくれん》の簪《かんざし》だ
お前《まえ》に よく
似合《にあ》うと思《おも》う
ありがとう
ございます
若様《わかさま》…っ
一生《いっしょう》の
宝物《たからもの》です…っ
好《す》きで好《す》きで
たまらなかった
ポタ…
若様《わかさま》も
同《おな》じ気《き》持《も》ちだと
思《おも》っていた

大和皇國《やまとこうこく》
キーん。

白《びゃく》蓮《れん》寺《じ》の里《さと》
これはこれは…さすが 清廉《せいれん》と名高《なだか》い白蓮寺《びゃくれんじ》家《け》
その清《きよ》らかな霊力《れいりょく》が染《し》み渡《わた》るような素晴《すば》らしい朝餉《あさげ》だ

恐《おそ》れ入《い》ります
我々《われわれ》 陰陽《おんみょう》五家《け》にとって 朝餉《あさげ》は儀式《ぎしき》ですからね
朝食《ちょうしょく》を拵《こしら》える者《もの》の霊力《れいりょく》の質《しつ》が食《た》べた者《もの》の一日《にち》を左右《さゆう》する
白蓮寺家《びゃくれんじけ》 次期当主《じきとうしゅ》
白蓮寺《びゃくれんじ》 麗人《れいと》
朝食《ちょうしょく》に必要《ひつよう》な〝陰《いん》の霊力《れいりょく》〟を持《も》っているのは女性《じょせい》ですが 朝餉《あさげ》の準備《じゅんび》は その中《なか》でも特《とく》に高《たか》い霊力《れいりょく》を持《も》つ 本家《ほんけ》の花嫁《はなよめ》の役目《やくめ》となっております

まず 雪解《ゆきど》け水《みず》の湧《わ》く 清《きよ》らかな泉《いずみ》で沐浴《もくよく》
そして 火《ひ》と竈《かまど》の神《かみ》に 祈《いの》りを捧《ささ》げ
食材《しょくざい》を清《きよ》め 一つ一つ 霊力《れいりょく》を込《こ》めながら 作《つく》ります
自然《しぜん》から霊力《れいりょく》を 得《え》るため 旬《しゅん》の食材《しょくざい》を 取《と》り入《い》れることも 忘《わす》れてはいけません
それでは 今朝《けさ》の朝餉《あさげ》も 若君《わかぎみ》の奥方様《おくがたさま》が？
はい 暁美《あけみ》
あっ。。。
お粗末《そまつ》さまでございます
麗人《れいと》の妻《つま》
白蓮寺《びゃくれんじ》 暁美《あけみ》

ほう……？
愚図愚図《ぐずぐず》してんじゃないよ
いったい いつまで 片付《かたづ》けに 手間《てま》取ってるんだい
傷《きず》モノ・・・

ホントは お前《まえ》の作《つく》ったものなんて本家《ほんけ》の方々《かたがた》に お出《だ》しできないんだけど
若奥様《わかおくさま》が どうしてもお前《まえ》に食《く》い扶持《ぶち》をって言《い》ってきてさぁ
だから 朝餉《あさげ》だけは作《つく》らせてやっているんだ
若奥様《わかおくさま》のお心《こころ》に感謝《かんしゃ》するんだね
ああ…
今日《きょう》の駄賃《だちん》はそこだよ

ペコ
あっ でも 表通《おもてどお》りには 絶対《ぜったい》 出《で》るんじゃ ないよ!
紅椿家《べにつばきけ》の 新《あたら》しいご当主《とうしゅ》が 来《こ》られている
お前《一族の恥》を さらす わけにはいかない… ってのもあるけど
これは お前《まえ》のため でもある
紅椿家《べにつばきけ》は 皇都《こうと》を守護《しゅご》する 退魔《たいま》の一族《いちぞく》
しかも 現《げん》・当主様《とうしゅさま》は 兄《あに》を引《ひ》きずり落《お》として その地位《ちい》に立《た》った 冷酷無慈悲《れいこくむじひ》な お方《かた》だそうだ

百鬼《ひゃっき》を従《したが》えあやかしを狩《か》るその姿《すがた》から
“皇國《こうこく》の鬼神《きじん》”とも呼《よ》ばれているんだとか
あやかしのにおいを垂《た》れ流《なが》すお前《まえ》を見《み》たら――
うっかり斬《き》り殺《ころ》してしまうかもしれないからねぇ……
くすくす

たたっ
あーっっ 傷《きず》モノだ〜!
びくっ
…っ
ガッ
こっち見《み》ないでよ猩猩《しょうじょう》の嫁《よめ》が!
山《やま》へ帰《かえ》れ 猿《さる》!! 臭《くさ》いんだよ!
こら! 傷《きず》モノになんて構《かま》うんじゃないよ!
あーやだやだ 朝《あさ》っぱらから気分悪《きぶんわる》い…
たたたたた

はぁ…
は…
ズキッ
痛《いた》っ…
ずる…

どうして…こんなことに…
仕方《しかた》がない そうわかっていても 考《かんが》えてしまう
かつて 私《わたし》は 本家《ほんけ》の若様《わかさま》の 許嫁《いいなずけ》だった
分家《ぶんけ》の身《み》で ありながら 一族《いちぞく》の中《なか》で 最《もっと》も高《たか》い 〝陰《いん》の霊力《れいりょく》〟を持《も》って 生《う》まれたからだ
幼《おさな》い頃《ころ》から そう定《さだ》められ
大事《だいじ》に
大事《だいじ》に 育《そだ》てられた

私《わたし》も 若様《わかさま》が
大好《だいす》きだった
だから 若様《わかさま》に 相応《ふさわ》しい妻《つま》になろうと 必死《ひっし》に花嫁修業《はなよめしゅぎょう》を こなしていた
だけど あの日《ひ》
ない…！
簪《かんざし》が ないわ…っ
簪《かんざし》って… まさか 若様《わかさま》から もらった？
そ…っ
そうなの どうしよう 暁美姉《あけみねえ》さん…っ
まったく 菜々緒《ななお》は おっちょこちょいねぇ

部屋《へや》にないなら山菜《さんさい》を採《と》りに行《い》った時《とき》かしら
一応《いちおう》見《み》に行《い》ってみましょうか
で でも…
今日《きょう》は 引《ひ》き出《だ》しの中《なか》から 持《も》ち出《だ》していないはずなのに…
考《かんが》えていても解決《かいけつ》しないわ
見《み》つからないならしらみつぶしに捜《さが》すのみよ
私《わたし》も一緒《いっしょ》に行《い》ってあげるから！
ぱあっ
ありがとう暁美姉《あけみねえ》さん…っ

すぐ泣《な》く
菜々緒《ななお》は泣《な》き虫《むし》ね
ご ごめんなさい
ええっ
ないわね… カラスか何《なに》かが持《も》って行《い》ってたりして
ふふっ 冗談《じょうだん》よ
もう少《すこ》し先《さき》に行《い》ってみましょう
あ!
ねえ あれじゃない!?
あっ…
ありがとう 暁《あけ》美《み》姉《ねえ》さ…
たっ

結界《けっかい》の
外《そと》…?
見《み》つかって良《よ》かったわね
びくっ
白蓮寺《びゃくれんじ》の娘《むすめ》には
幼《おさな》い頃《ころ》より 度々《たびたび》言《い》い聞《き》かせられる話《はなし》がある

「注連縄《しめなわ》の外《そと》に出《で》てはならない」
大丈夫《だいじょうぶ》よ すぐそこだもの
何《なに》かあれば私《わたし》がすぐに人《ひと》を呼《よ》んであげるわ
ゾくっ…
「霊力《れいりょく》の高《たか》い娘《むすめ》がひとたび注連縄《しめなわ》の外《そと》に出《で》れば」
たたっ

あやかしに攫《さら》われ　嫁《よめ》にされてしまうから——

漫画版も発売中!!
傷だらけの少女に、
紅い鬼神の
最愛を――
あやかしに攫われ、
額に傷をつけられた
ことをきっかけに
一族に虐げられていた
菜々緒が出会ったのは、
紅椿家の当主・夜行だった。
退魔の一族の若き英雄と、
心をなくした傷だらけの少女
最愛の物語が始まる。
傷《きず》モノの花《はな》嫁《よめ》
虐《しいた》げられた私《わたし》が、
皇《こう》國《こく》の鬼《き》神《しん》に
見《み》初《そ》められた理《り》由《ゆう》
【原作】友麻碧
【漫画】藤丸豆ノ介

〈著者紹介〉
友麻 碧（ゆうま・みどり）
福岡県出身。2015年から開始した「かくりよの宿飯」シリーズが大ヒットとなり、コミカライズ、TVアニメ化、舞台化など広く展開される。主な著書に「浅草鬼嫁日記」シリーズ、「鳥居の向こうは、知らない世界でした。」シリーズ、「メイデーア転生物語」シリーズ、「水無月家の許嫁」シリーズ、漫画原作に『傷モノの花嫁』などがある。

傷《きず》モノの花嫁《はなよめ》

2023年10月13日　第1刷発行　　定価はカバーに表示してあります
2024年10月10日　第7刷発行

著者……………………友麻《ゆうま》 碧《みどり》

発行者……………………篠木和久
発行所……………………株式会社 講談社
〒112-8001 東京都文京区音羽2-12-21
編集03-5395-3510
販売03-5395-5817
業務03-5395-3615

本文データ制作…………講談社デジタル製作
印刷……………………株式会社ＫＰＳプロダクツ
製本……………………株式会社国宝社
カバー印刷………………株式会社新藤慶昌堂
装丁フォーマット………ムシカゴグラフィクス
本文フォーマット………next door design

ISBN978-4-06-533519-2　N.D.C.913　344p　15cm

友麻 碧

水無月家の許嫁

十六歳の誕生日、本家の当主が迎えに来ました。

イラスト
花邑まい

水《み》無《な》月《づき》六花《りっか》は、最愛の父が死に際に残したひと言に生きる理由を見失う。だが十六歳の誕生日、本家当主と名乗る青年が現れると、〝許嫁《いいなずけ》〟の六花を迎えに来たと告げた。「僕はこんな、血の因縁《いんねん》でがんじがらめの婚姻であっても、恋はできると思っています」。彼の言葉に、六花はかすかな希望を見出す――。天女の末裔《まつえい》・水無月家。特殊な一族の宿命を背負い、二人は本当の恋を始める。

講談社タイガ

友麻 碧

水無月家《みなづきけ》の許嫁《いいなずけ》2
輝夜姫《かぐやひめ》の恋煩《こいわずら》い

イラスト
花邑まい

水無月六花《みなづきりっか》が本家で暮らすようになって二ヵ月。初夏の風が吹く嵐山での穏やかな日々に心を癒《い》やしていく中で、六花は孤独から救い出してくれた許嫁《いいなずけ》の文也《ふみや》への恋心を募らせていた。だがある晩、文也の心は違うようだと気づいてしまい——。いずれ結婚する二人の、ままならない恋心。花嫁修行に幼馴染みの来訪、互いの両親の知られざる過去も明かされる中で、六花の身に危機が迫る。

講談社
タイガ

綾里けいし

人喰い鬼の花嫁

イラスト
久賀フーナ

　義理の母と姉に虐げられて育った莉子《りこ》。京都陣で最大の祭りが始まる日、姉に縁談が来る。嫁入りした女を喰い殺す、と恐れられる酒呑童子《しゅてんどうじ》からだった。莉子は身代わりを命じられ、死を覚悟して屋敷に向かうが、「俺が欲しかったのは、端《はな》からおまえだ」と抱きしめられ――？　いつか喰われてしまうのか。それとも本当の愛なのか。この世で一番美しい異類婚姻譚、開幕。

講談社
タイガ

白川紺子

海神《わだつみ》の娘

イラスト
丑山 雨

娘たちは海神《わだつみ》の託宣を受けた島々の領主の元へ嫁ぐ。彼女らを娶《めと》った島は海神の加護を受け、繁栄するという。今宵、蘭《らん》は、月明かりの中、花勒《かろく》の若き領主・啓《けい》の待つ島影へ近づいていく。蘭の父は先代の領主に処刑され、兄も母も自死していた。「海神の娘」として因縁の地に嫁いだ蘭と、やさしき啓の紡ぐ新しい幸せへの道。『後宮の烏』と同じ世界の、霄《しょう》から南へ海を隔てた島々の婚姻譚。

講談社
タイガ

アンデッドガールシリーズ

青崎有吾

アンデッドガール・マーダーファルス　4

イラスト
大暮維人

平安時代。とある陰陽師に拾われた鴉夜《あや》という平凡な少女は、いかにして不死となったのか。日本各地で怪物を狩る、真打《しんうち》津軽《つがる》と同僚たち《鬼殺し》の活動記録。山奥の屋敷で主に仕える、馳井《はせい》静句《しずく》の秘めた想い。あの偉人から依頼された《鳥籠使い》最初の事件。北欧で起きた白熱の法廷劇「人魚裁判」——探偵たちの過去が明かされ、物語のピースが埋まる。全五編収録の短編集。

講談社タイガ

虚構推理シリーズ

城平 京

虚構推理短編集

岩永琴子の密室

イラスト
片瀬茶柴

一代で飛島《とびしま》家を政財界の華に押し上げた女傑・飛島龍《りゅう》子《こ》は常に黒いベールを纏っている。その孫・椿《つばき》の前に現れた使用人の幽霊が黙示する、かの老女の驚愕の過去とは——「飛島家の殺人」

あっけなく解決した首吊り自殺偽装殺人事件の裏にはささやかで儚い恋物語が存在して——「かくてあらかじめ失われ……」

九郎と琴子が開く《密室》の中身は救済か、それとも破滅か。